Jürg Schubinger

Die Geschichte von Wilhelm Tell

Frech ist er, Wilhelm Tells Sohn Walter. Nicht nur, dass er den Hut auf der Stange nicht grüßt, er behauptet auch noch verwegen, sein Vater sei der beste Schütze der Welt! Dem Landvogt Gessler gefällt das gar nicht, und er zwingt Wilhelm zur Strafe, seinem Sohn einen Apfel vom Kopf zu schießen. Der Schuss gelingt, aber Tell hat sich einen zweiten Bolzen bereitgelegt. »Für alle Fälle!«, ruft schon wieder vorlaut Walter und sein Vater wird verhaftet. Als auf der Überfahrt nach Küssnacht ein Sturm auf dem Vierwaldstätter See ausbricht, löst Gessler Tells Fesseln. Hätte er geahnt, was er damit anrichtet, hätten sich die beiden nie in der Hohlen Gasse wiedergesehen. Und die Schweiz wäre heute vielleicht ein Teil von Österreich.

Jürg Schubiger, 1936 in Zürich geboren, arbeitete nach dem Studium (Germanistik, Psychologie und Philosophie) und der Promotion als Verleger. Er schrieb Belletristik und Kinderbücher, für die er mehrfach ausgezeichnet wurde, 1996 mit dem Deutschen Jugendliteraturpreis. Jürg Schubiger starb am 15. September 2014 in Zürich.

Jürg Schubiger

Die Geschichte von Wilhelm Tell

dtv

8. Auflage 2026
2006 dtv Verlagsgesellschaft mbH & Co. KG
Tumblingerstraße 21, 80337 München
produktsicherheit@dtv.de

Umschlagbild: Wolf Erlbruch
Gesetzt aus der Charlotte Sans 12/14,5'
Satz: Greiner & Reichel, Köln
Druck und Bindung: Druckerei C.H.Beck, Nördlingen
Printed in Germany · ISBN 978-3-423-62268-4

Meinem Vater

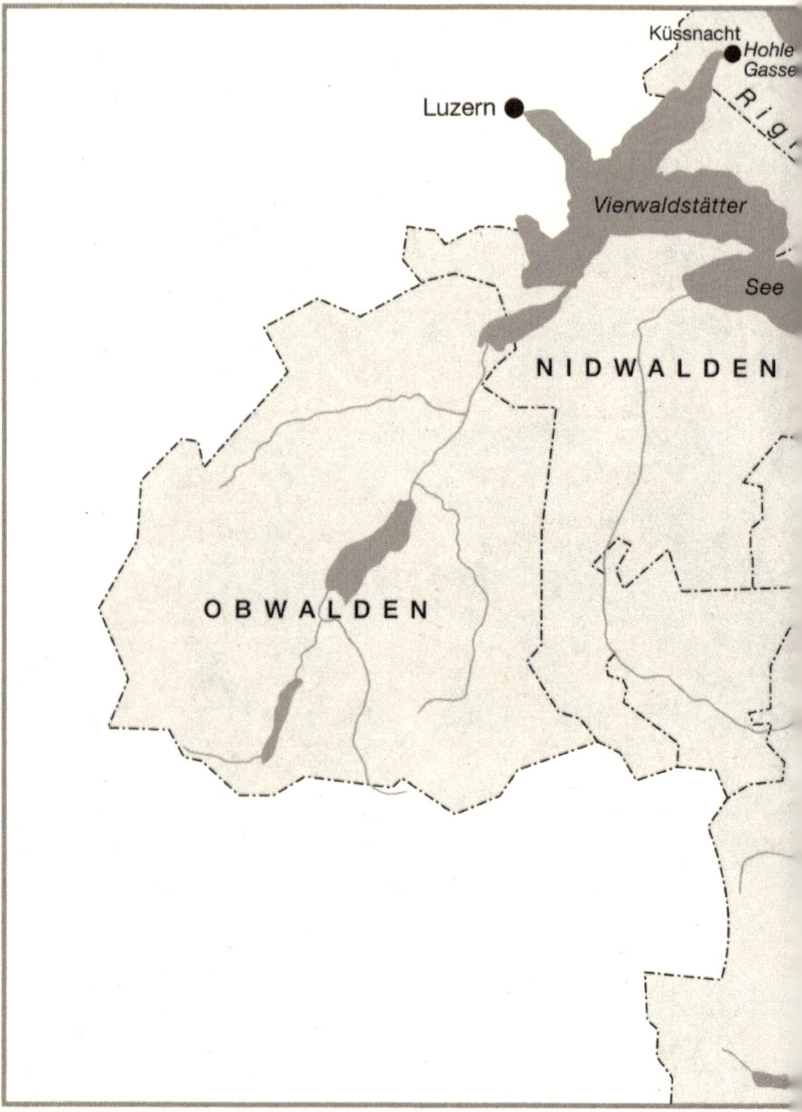

Küssnacht
Hohle Gasse
Luzern
Rigi
Vierwaldstätter
See
NIDWALDEN
OBWALDEN

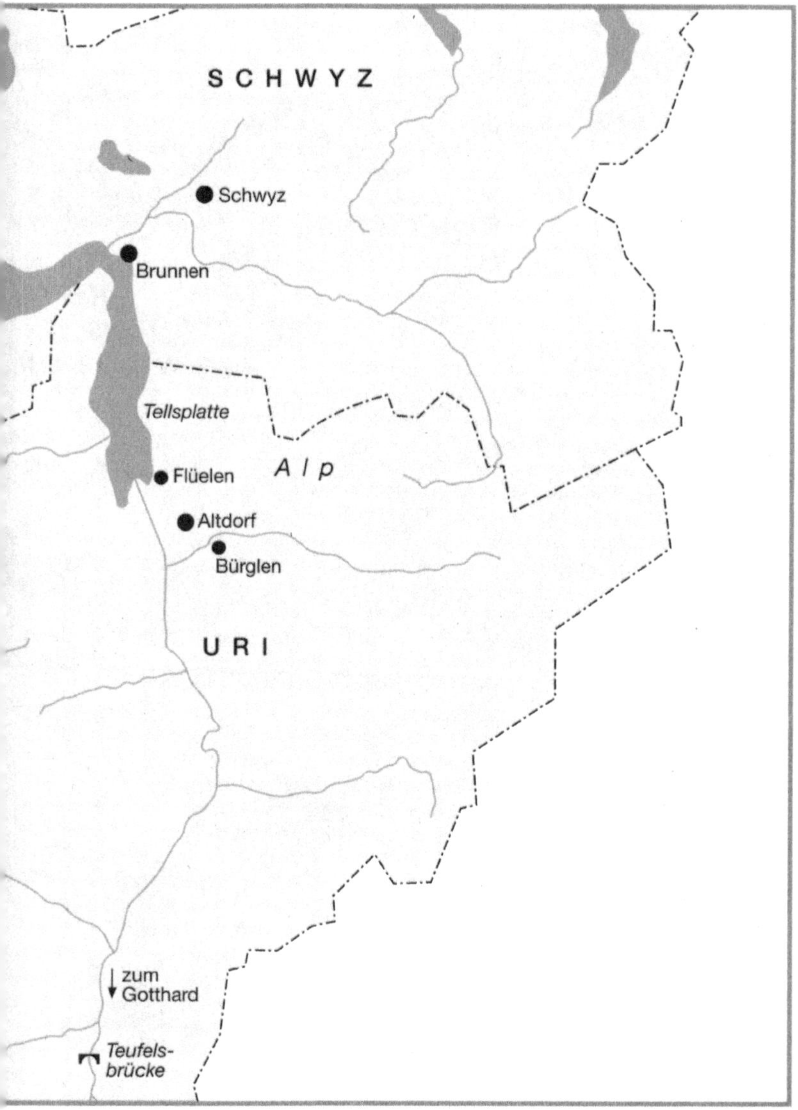

SCHWYZ
Schwyz
Brunnen
Tellsplatte
Alp
Flüelen
Altdorf
Bürglen
URI
zum Gotthard
Teufels-
brücke

1

Meine Mutter war froh, dass sie mich für vier Wochen in Altdorf abliefern konnte. Meine Großeltern waren froh, dass ich zur Abwechslung einmal bei ihnen wohnte. Ich selber war beides, manchmal froh, manchmal unfroh.

Unfroh zum Beispiel, wenn das Heimweh mich plagte. Das geschah vor allem nachts. Es war dann, als liege etwas Schweres auf meiner Brust. Wie das schauerliche Wesen, das man hier ein »Toggeli« nennt, etwas zwischen einem Geist und einem Tier, das durch Löcher und Ritzen in die Schlafkammern eindringen kann.

Froh war ich, wenn wir Badewetter hatten, oder Backwetter, oder wenn ein Föhnsturm wie ein Donner bei heiterem Himmel das Tal herabkam. Oder wenn Großvater von Wilhelm Tell und seinem Sohn Walter erzählte.

Altdorf, wo meine Großeltern wohnten, liegt am Rand einer Ebene, die flach ist wie ein Kuchenblech. Neben der Autobahn, zwischen zwei schnurgeraden Dämmen, hüpft das Wasser der Reuss. Hinter dem Städtchen steigt direkt der felsige Wald auf. Die hohen Berge ringsherum, Großvater hat sie mir auch auf der Karte gezeigt, heißen Gitschen, Geißberg, Bristen, Schwarzgrat, Wängihorn. Der Bristen habe, glaubte man einst, geheime Wurzeln mit Adern aus purem Gold. Heute findet man dort Bergkristalle.

In den Wiesen im Talgrund sind Obstbäume verteilt. Einige davon sind riesig und alt. Dazwischen grasen Kühe. Sie schauen den Eisenbahnzügen nach, hinauf zum Gotthard und hinab zum See. Manche liegen auch im Schatten und schütteln, um die Fliegen zu verscheuchen, ihre großen Köpfe.

Auf einem Platz in der Mitte des Städtchens steht ein gewaltiges Denkmal: ein Sockel hoch wie ein Schrank, darauf ein bärtiger Jäger im Hirtenhemd vor einer gemalten Berglandschaft. Er trägt eine Armbrust. Die andere Hand liegt auf der Schulter eines Jungen: Wilhelm Tell mit seinem Sohn. Die beiden sind etwas zu mächtig geraten. Wie für eine größere Welt gemacht.

2

Vor vielen hundert Jahren ist auf demselben Platz der richtige Tell gestanden«, erzählte mein Großvater, »und der richtige Walter. Ungefähr so, wie du sie vom Denkmal kennst, die beiden, nur viel kleiner natürlich und in abgewetzten Kleidern, aber aus Fleisch und Blut. Denk dir im Hintergrund, zwischen vielen Mäuerchen und Mauern, ein paar niedrige Holzhäuser, dazu zwei dicke Türme und einen großen Baum, eine Linde. Denk dir eine Sonne, die schon hoch an einem milchigen Himmel steht.

Tell und Walter gingen auf die Mitte des Platzes zu. Ein sehr merkwürdiger Gegenstand war da aufgerichtet worden: eine lange Stange, darauf ein Hut mit einer Feder. Er schaukelte ein wenig im Wind, der vom See her wehte. Der Hut sah aus wie ein zerzauster Vogel. Tell, der aus dem Dorf Bürglen kam, war in Altdorf ein bisschen fremd. Er wunderte sich darum nicht, hier Fremdes anzutreffen. Misstrauisch blieb er stehen. Walter drängte näher heran. Neben der Stange, links und rechts, standen zwei Männer, der eine dünn und krumm, der andere bleich wie ein Ziegenkäse, den man aber nicht hätte essen mögen, auch wenn man sehr hungrig war.

Die Männer stützten sich auf lange Spieße, als müssten sie den Hut bewachen. Doch wer hätte so ein Ding schon stehlen wollen? Wenn überhaupt etwas stehlen, dachte der Junge, dann doch eher die Spieße, die waren wohl aus gutem Material. Darum vielleicht hielten die beiden Wachen sie so fest in der Hand. Der Junge lachte. Der bärtige Jäger sah vergnügt auf ihn hinab.

Die Wachen lachten nicht, im Gegenteil, sie wurden ernst, sie wurden grimmig. Sie streckten Tell und seinem Jungen ihre Waffen entgegen. So stand man sich gegenüber. Die Wachen in ausgefransten Stiefeln, der Jäger in Holzsandalen oder barfuß wie sein Sohn.

Tell kannte den Bleichen so halb und halb. Er war aus dem Nachbardorf und gehörte zu denen, die man seit Jahrzehnten nicht mehr grüßte. Die ›Wurmstichigen‹ nannte man sie, wenn man von ihnen sprach, und das geschah fast täglich. Als junge Burschen hatten sie sich hordenweise verhauen. Mit Fäusten, Stöcken und manchmal auch mit Messern waren sie gegeneinander angetreten. Vom Krummen wusste Tell nicht mehr, als dass er ein armer Teufel war. Er kam aus einem schattigen Seitental, wo es an allem fehlte, an Getreide, Gemüse und Gras. Nur Steine und Kinder hatte man da genug.

›Im Namen des Königs‹, rief schnarrend der Bleiche. Der Krumme rief dasselbe. Offensichtlich eiferte er dem Bleichen nach. Das Schnarren aber kriegte er nicht hin. Sein Spieß zeigte jetzt auf Tells Gesicht.

Tell blieb stehen. ›König‹ war ein großes Wort, das Eindruck auf ihn machte, wie ›Teufel‹, ›Tod‹ oder ›Tausend‹. Tausend war die größte Zahl, die er kannte. Das heißt, er kannte sie eigentlich nicht und brauchte sie auch nicht. Seine Finger reichten aus, um das zu zählen, was er besaß: neun Ziegen, fünf Schafe und eine Kuh. Die Hühner und die Eier zählte seine Frau, und Bienen hatten sie keine. Und um das zu zählen, was Tell von der Jagd heimbrachte, genügte manchmal ein Daumen.

›Komm‹, sagte Tell zu seinem Sohn. Sie gingen ein paar Schritte. Tell hinkte ein wenig. Das rührte von einem alten Missgeschick her, zu dem ein nackter Fuß gehörte und ein schwerer Stein, der ins Rutschen geraten war. Seither fühlte der Fuß sich nicht mehr wie ein eigener an, sondern wie der eines andern. Tell nannte ihn bei sich selbst auch ›den anderen Fuß‹.

Der Vater fasste den Sohn am Arm. Er war zwar ein starker Mann, sehr stark sogar, fast schon ein Riese, aber das Reden lag ihm nicht. Und hier sah es ganz nach einem Wortwechsel aus.

›Halt!‹, riefen die beiden Wächter fast zugleich, der Bleiche mit einem winzigen Vorsprung.

Tell wollte keine Scherereien. Das Einzige, was er wollte, war: rechtzeitig zum Mittagessen bei der Schwiegermutter sein. Martha kochte gut und viel.

›Man kann den Hunden das Bellen nicht verbieten‹, sagte er zu seinem Sohn. Er hatte einen Vorrat von Sprichwörtern, in dem sich immer etwas Passendes fand.

›Halt, halt‹, riefen die Wächter, das heißt, sie schrien es jetzt.

›Mein Vater braucht niemanden, der ihm sagt, wann er gehen und wann er anhalten soll, und ich auch nicht‹, rief Walter zurück. ›Wir sind keine Ochsen.‹

Das war frech. Und wenn man bedenkt, dass es im Mittelalter geschah, war es sehr frech. So sehr, dass die Wachen verstummten. Sie schienen zu warten. Auf eine Ohrfeige des Vaters zum Beispiel. Tell aber brummte nur. Der Junge sprach genau das aus, was der Vater dachte, was er jetzt erst richtig zu denken anfing. Denn er dachte langsam. Er war keineswegs dumm, dieser Tell, bei weitem nicht, nur sehr gründlich, und darum brauchte er seine Zeit.

Der Krumme schaute den Bleichen an. Der schwieg noch immer.

Tell hatte sich inzwischen abgewandt. Walter folgte ihm zögernd. Er verstand nicht, warum sein starker Vater die beiden nicht einfach wegfegte oder sie packte und ihre Köpfe so gegeneinander stieß, dass sie am hellen Tag den ganzen Sternenhimmel sahen. Tell und Walter machten einen Bogen um die Wachen herum. Versuchten es wenigstens, denn jetzt rief der Bleiche: ›Im Namen des Königs, ihr seid verhaftet!‹

›Noch lange nicht‹, sagte Walter mehr zum Vater als zu den Wachen.

›Verhaftet?‹, wiederholten mehrere Stimmen.

Leute waren stehen geblieben, Kinder waren herbeigelaufen. Alle merkten: Hier ging etwas los.«

Großvater machte eine Pause. Wir saßen auf der hölzernen Treppe, die vom Balkon in den Garten führte. Großmutter ging auf das Gartentor zu. Die Angeln quietschten. Sie winkte durch das Gitter und wir winkten zurück. Sie ging zur Arbeit. An Nachmittagen hütete sie aushilfsweise den Kiosk am Bahnhof.

Vor uns, in einem Flecken Gras, stand ein großer Zwetschgenbaum. Eine Elster lärmte im Laub.

»Verhaftet?«, fragte ich.

Großvater nickte.

Die Elster flatterte hinüber zum Geräteschuppen.

3

Also«, fuhr Großvater fort, »viel Volk auf diesem Platz. Man wundert sich, woher so plötzlich. Es war ja kein Markttag. Denk dir graue und braune Röcke und lange Haare auch bei den Männern. Über den Röcken einen Gürtel, unter den Röcken hungrige Bäuche. Es ging ja gegen Mittag zu. Die Reichen erkannte man an den bunteren Kleidern und daran, dass sie Schuhe trugen. Denk dir eine staubige Luft und das Lachen von Kindern, das Schreien von Eseln, das Brüllen von Ochsen. Zwischendurch das regelmäßige Krächzen eines Bettlers, der sein Almosen forderte. Und mitten darin stand der bärtige Jäger und fragte: ›Was geht denn Himmelherrgottdonnerwetter hier vor?‹

›Eine Verhaftung geht vor‹, sagte der Krumme.

›Und weswegen, Himmelherrgottdonner …?‹

Der Bleiche fiel ihm ins Wort: ›Beleidigung des Königs, unseres höchsten Herrn‹, schnarrte er.

Was der Krumme hinterherschickte, war im Durcheinander der Stimmen nicht mehr zu hören.

Tell erfuhr: Der Hut auf der Stange gehörte dem Landvogt und war als Zeichen des Königs gemeint.«

»Wieso des Königs?«, fragte ich.

»Weil der Landvogt als Stellvertreter des Königs hier nach dem Rechten sah. Er war Richter, er war Zollverwalter, er schützte mit seinen Soldaten die Reisenden vor Überfällen und vieles mehr.

Tell wusste nicht, was er in dieser Lage tun oder sagen sollte. Sein Lachen klang ungemütlich. Der Landvogt hatte einen Sonnenstich erwischt, vermutete er. In seinem heißen Schädel hatte er sich etwas ausgedacht: Da der König in Wien lebte und nie mehr persönlich in Uri vorbeikam und da er selber, der Vogt, viel auf Reisen war, brauchte es einen Ersatz, ein königliches und landvögtliches Ding, vor dem das Volk sich verneigen konnte.

›Alles klar?‹, fragte der Bleiche. Der Krumme schwieg, machte nur ein fragendes Gesicht.

›Alles‹, bestätigte Walter. ›Der Hut ist also kein Hut, er ist ein Zeichen. Könnte auch ein Hemd, ein Stiefel des Landvogts sein. Auch ein landvögtlicher Strumpf würde den Zweck erfüllen.‹

Die Wachen verstanden nicht, was der Junge meinte. Dass er sie aber hochnahm, das verstanden sie.

Und Vater Tell? Die Wachen schauten ihn an. Keine Ohrfeige, nichts.

›Saubande!‹, stieß der Bleiche hervor.

Tell hörte ihn kaum. Er war zu stolz auf seinen Jungen. ›Der spricht wie ein Buch und denkt wie ein

Buch, ein dickes Messbuch‹, dachte er, ›in dem mehr steht, als ein Pfarrer seiner Lebtage lesen kann.‹

Der Bleiche hatte sich inzwischen weggedreht, der Krumme auch. Sie wandten sich einigen Reitern zu, die näher kamen.

Auf dem schönsten Pferd, einem Rappen, saß der Landvogt Gessler, den man wegen seiner Schärfe auch den ›räßen Junker‹ nannte.

›Saubande!‹, schrien die beiden Wachen, diesmal zur gleichen Zeit.

Eine Gasse tat sich auf. Die Reiter mit einer ganzen Schar bewaffneter Soldaten kamen daher wie ein festlicher Umzug. Sie erreichten die schreienden Wachen und Gessler gab das Zeichen zum Halt.

›Saubande – wer?‹, fragte er.

Walter, der dicht vor seinem Rappen stand, rief hinauf: ›Das fragen wir uns schon die ganze Zeit, mein Vater und ich.‹

Die Wachen berichteten dem Landvogt, was vorgefallen war.

›Saubande‹, sagte auch er. Doch er meinte damit nicht nur den Jäger und seinen Sohn, er meinte das ganze versammelte Volk. Diese fremden Laute, diese fremden Blicke. Er meinte die sturen Bewohner der Täler rings um den See, der heute Vierwaldstätter See heißt, die Bauern, Schiffer und Säumer, die man zu Recht ›die Waldleute‹ nannte. Gessler fühlte sich hier wie im finstersten Wald.

Walter dachte über Hüte nach. Er hatte sich Gessler barhäuptig vorgestellt. Wenn sein Hut auf der Stange hing, überlegte sich der Junge, konnte er doch nicht gleichzeitig auch seinen Kopf bedecken. Das tat er aber, wie man sah. Walter schloss daraus, dass der Landvogt mehr als einen Hut besaß. Es mussten mindestens zwei sein.«

4

Wir lachten über den Jungen, Großvater und ich.

»Tja, dieser Walter.« Großvater schaute mich an – mich oder den Bauernbuben, den er in seinen Gedanken sah, oder beide zugleich.

»Walter kam von den Hüten nicht los«, sagte Großvater. »Er wandte sich jetzt dem Krummen zu, der so stramm wie möglich dastand: ›Wenn der Landvogt zwanzig Hüte hätte, nur mal angenommen, einen vor der Kirche, vor dem Friedhof, vor der Herberge, vor dem Spital, einen bei jedem Brunnen und an jedem Dorfausgang, müssten wir dann zwanzig Hüte grüßen?‹

›Zwanzig‹, antwortete der Krumme. Er nickte kurz, ohne den Kopf zu wenden.

›Wem gehört der Junge?‹, wollte der räße Junker wissen.

Der bärtige Jäger machte einen Schritt nach vorn. ›Verzeihung‹, fing er an.

Walter rief: ›Herr Landvogt, dies ist mein Vater, Wilhelm Tell. Der berühmte Schütze.‹ Und indem er auf sich selber zeigte: ›Und das bin ich, sein Sohn. Ich heiße Walter.‹

›Mein Sohn spricht wie ein Buch‹, dachte Tell, ›das man nicht mehr zuklappen kann. Das hat er von seiner Mutter. Was er von mir hat, ist der Mut.‹

›Der berühmte Schütze!‹, wiederholte Gessler.

Walter prahlte: ›Der dir, Herr Landvogt, auf fünfzig Schritt einen Apfel vom Baum schießen kann.‹

›Bub‹, mahnte Tell, ›du nimmst den Mund zu voll.‹

Gessler lachte. ›Nun, das lässt sich ja überprüfen.‹ Er wandte sich an Walter: ›Auf fünfzig Schritt, sagst du? Vom Baum? Von irgendwo? Wieso nicht auch von deinem Kopf?‹

›Von meinem Kopf?‹ Walter griff sich auf den Scheitel, auf den der Landvogt zeigte.

›Von seinem Kopf?‹, kam es von ringsherum.

Dann war Tells Stimme zu hören: ›Verzeihung, Herr, dass ich Euren werten Hut nicht achtete. Das nächste Mal will ich ihn grüßen, Ehrenwort.‹

Der räße Junker verzog den Mund. Wie einer, der zu lächeln versucht, dem es aber misslingt. ›Vielleicht gibt's gar kein nächstes Mal …‹

›Wuuuh!‹, stöhnte das erschreckte und empörte Volk.

›Wir achten alle Hüte, Herr‹, rief einer, ›vorausgesetzt, Ihr tragt sie auf dem Kopf.‹

Gelächter folgte.

Gessler tat, als verstände er nicht. Vielleicht hatte er auch wirklich Mühe mit dem Urner Dialekt. ›Tell, du hast es in der Hand‹, sagte er, als wieder

Ruhe war. ›Wagst du den Schuss, dann rettest du deine Haut. Und die deines schlauen Sohnes. Wagst du ihn nicht, dann …‹

›Dann?‹, fragte Tell.

›Dann eben nicht.‹

›Wuuuh!‹ machte das Volk.

›Fünfzig Schritte!‹, sagte Gessler zum Bleichen. Das war ein Befehl.

Der Bleiche fing an, die Strecke auszumessen. Nur widerwillig ließ die Menge ihn durch. Martha stellte sich ihm mit ihrer ganzen Person in den Weg. Das ergab ein breites Hindernis. Dem Bleichen blieb nichts anderes übrig, als sie mit dem Spieß zu bedrohen. Geschimpf und neues Gelächter.

Der Landvogt rief: ›Man bringe mir den Apfel her!‹

Die Leute schauten drein, als hätte er von einer Ananas gesprochen. Eine Frau, die einen Korb mit Äpfeln am Arm getragen hatte, war auf einmal nirgends mehr zu sehen.

Gessler beugte sich zu einem Mädchen hinab: ›Ei-nen Ap-fel‹, sagte er, wie man zu einer Schwerhörigen spricht.

Das Mädchen verschwand zwischen den Röcken.

Gessler wartete. Er hatte wieder dieses missratene Lächeln im Gesicht. Tell wusste nicht, was es bedeutete. Unter Jägern und Bauern lächelte man nicht umsonst. Man lächelte nur, wenn es etwas zu lächeln gab.

Die versammelten Menschen blinzelten zum Landvogt empor. Wenn sie seinem Blick begegneten, wandten sie den Kopf zur Seite. Der Landvogt wurde nervös. Er hatte wohl auch länger nichts gegessen. Und vermutlich ahnte er, dass das ausgeschickte Mädchen nicht zurückkommen würde.

Tatsächlich, so war es: Niemand wollte etwas beitragen zu seinem bösen Spiel.

Niemand außer Walter. Der Junge ertrug es schlecht, dass sein Vater nicht deutlich zeigte, wer er war: nämlich der beste Schütze weit und breit. Dabei bot sich hier die beste Gelegenheit, dies zu beweisen. Eine solche Chance kam so bald nicht wieder: mitten in Altdorf und bei so vielen Zeugen, darunter sogar ein paar vornehme Herren. Alles Nötige war da, auch die Armbrust, die Pfeile und der Kopf, der als Sockel für den Apfel vorgesehen war. Nur der Apfel fehlte.

Walter dachte an den Apfelbaum hinter Marthas Haus, ein Steinwurf von hier. Schon war der Junge unterwegs, schon streckte er sich nach einem Ast und griff nach der schönsten Frucht. Tell hatte eben erst bemerkt, dass Walter fort war, da stand er bereits wieder da, trat vor den Landvogt hin und hielt den Apfel hoch.«

»Ein Apfel, so groß wie seine Faust. Für einen mittelalterlichen Apfel gar nicht schlecht«, meinte Großvater. »Denn Mittelalter, Bub, bedeutet kleineres Obst, kleinere Kühe, kleinere Menschen auch. Groß waren nur die Berge, der Bristen etwa, der damals noch gar keinen Namen hatte. Die Gipfel und die Grate wurden nicht bestiegen und nicht benannt. Sie waren nicht geheuer.

Walter hatte sich inzwischen vor den Stamm der Linde gestellt, gut fünfzig Schritte von Tell entfernt«, fuhr Großvater fort. »Er trug den Apfel auf dem Kopf. Durch eine Lücke in den Zweigen schien die Sonne auf ihn herab. Er stand hell im Schatten des Laubwerks. Er wartete. Alle warteten. Ein schöner Apfel war es, grün mit roten Backen. Zwischen Tell und seinem Sohn war eine Schneise frei. Tell hatte seine Armbrust in der Hand. Man sah ihm an: Er wusste nicht, was tun.

›Vater!‹, schrie der Junge. Der Apfel rollte ihm dabei vom Kopf, doch er fing ihn auf. ›Vater!‹ Der Junge hielt den Apfel in der Hand und winkte damit.

›Lausbub!‹ Das war Martha. Sie hätte längst zu Hause sein wollen. Sie hielt das Ganze für dummes Zeug, wollte aber doch erleben, was bei dem dummen Zeug am Ende herauskam.

›Muss es denn ein Apfel sein?‹, rief eine Frau hinter ihr, die einen Kürbis auf der Hüfte trug. Sie stemmte das rote, schwere Ding in die Luft. Das Gelächter, das mit einem Meckern begann und dann schallte, schrillte, schepperte, wollte diesmal fast nicht enden.

Der Krumme griff ein. Er vertraute auf seinen Spieß. Er wollte Ordnung schaffen. Ein Alter aber packte die Waffe von der Seite her und sofort griffen weitere Arme zu. Für einen Augenblick sah es aus wie zu Beginn einer Schlacht. Die Frau versuchte umsonst, den Kürbis und sich selber aus dem Gewühl heraus an einen ruhigeren Ort zu retten. Da winkte Gessler den Soldaten. Sie rückten ein paar Schritte heran und die Arme der Männer sanken. Die Frau bückte sich nach ihrem Kürbis, der zerstückt und zerstampft am Boden lag.

Die Pferde waren unruhig geworden. Man sah das Weiße ihrer verschreckten Augen. Gessler hatte Mühe, seinen Rappen zu zügeln. Man hörte Flüche und Schreie.

Tell war ruhig geblieben. Mehr als ruhig. Er verharrte im lauten Durcheinander, als wäre er aus Holz.

Auch ein Zweiter war ganz ruhig: Walter. Der Junge stand wieder reglos am Stamm. Seine Backen waren so rot wie die des Apfels.«

5

Was sollte er tun, der Tell?« Großvater richtete die Frage an mich. »Wenn er dem Landvogt nicht gehorchte, war's aus mit ihm. Und mit seinem Sohn. Wenn er ihm aber gehorchte und schoss, konnte er sein Kind verletzen oder töten.«

Meine Meinung war, dass Tell den Gessler auf der Stelle mit der Armbrust totschießen sollte. Großvater wies auf die Soldaten hin, die sofort über den Schützen und seinen Sohn und alle Übrigen herfallen würden.

»Was sollte er tun?«, wiederholte Großvater leise. Dann erzählte er weiter. »Tell hat die Armbrust gespannt. Er hat einen Pfeil aus dem ledernen Köcher genommen und einen zweiten vorn in sein Hemd gesteckt. Den Ellbogen aufs Knie gestützt, presste er den Kolben seiner Waffe an die Schulter. Er schaute mit schrägem Kopf über die Pfeilrinne weg hinüber zur Linde, zu seinem frechen Jungen, den er in diesem Augenblick hätte umarmen wollen.

Gessler war vom Pferd gestiegen. Er machte ein paar steife Schritte. Vermutlich schmerzte ihn der Hintern. Er hatte einen neuen Sattel, an den er sich erst gewöhnen musste.«

Obwohl ich wusste, dass Tell den Pfeil gleich abschießen und dass er den Apfel auch treffen würde, war ich auf die Fortsetzung gespannt.

»Und dann?«, fragte ich.

»Dann?« Großvater überlegte. »Tell machte ein Gesicht wie … Ich weiß nicht wie. In seinem Innern war es totenstill. Und zwischendurch sehr laut. Denn er hatte auch Angst. Er hatte einen Zorn.« Großvater knurrte. »Einen knochenharten Zorn. Dann aber legte er noch einmal an. Er zielte. Er ließ die Armbrust sinken.«

»Warum?«, rief ich.

»Zwei Hunde balgten und bissen sich vorn bei der Linde.« Die Erzählung stockte. Großvater zuckte mit den Achseln und machte ein schlaues Gesicht.

Ich war sauer oder säuerlich. Gleichzeitig musste ich lachen.

Dann war es so weit: »Man hat die Hunde verscheucht und die Kinder fester bei der Hand genommen. Man hat alle Heiligen angerufen. Und auf einmal: ting!« Großvater ahmte das Sirren der Armbrustsehne nach und atmete auf.

»Getroffen?«

»Ja, und wie. Mittendurch. Der Pfeil steckte eine halbe Handbreit über Walters Kopf im Stamm. Der Apfel …«

»Den hat es zersprengt«, rief ich, »pflaff! zu Apfelmus gemacht.«

Großvater sagte: »Das Volk schrie wie bei einem Fußballmatch. Und Walter strahlte. Er lief zu seinem Vater, der immer noch kniete, der jetzt die Beine des Jungen mit dem Arm an seine Schulter presste.

›Lausbuben, beide‹, murmelte Martha gerührt.

Sogar der Bleiche hatte nasse Augen. Der Krumme stand stramm. Er merkte: Dies war ein großer Moment. Und er selber war dabei. Zu Hause in seinem schattigen Tal würde er davon erzählen können.

Wer so gut schießt, erkannte Gessler, der ist ein gefährlicher Mann. Und doppelt gefährlich mitten in diesem rumorenden Volk.

Der Knappe, der sein Pferd gehalten hatte, half ihm in den Sattel. Sofort wurde es still um ihn herum. Der räße Junker neigte sich ein wenig zum bärtigen Jäger hinab. ›Gratuliere‹, sagte er. ›Meisterhaft.‹

Tell wischte sich zwei Tränen aus dem Gesicht.

Gessler hob den Blick. Er straffte die Zügel. Man atmete auf. Doch dann schaute er über die Schulter zurück, als sei ihm eben etwas eingefallen, das er fast vergessen hätte. ›Übrigens‹, sagte er zu Tell. ›Du hast dir einen zweiten Pfeil ins Hemd gesteckt. Darf man wissen, wozu?‹

›Ach‹, brummte Tell. Er zog den Pfeil hervor.

Walter erklärte: ›Der ist für alle Fälle.‹

›Für welchen Fall genau?‹, wollte der Landvogt wissen. Der Junge schaute den Vater an.

›Für … für den Notfall.‹ Tell stotterte vor Verlegenheit.

›Ich will die Wahrheit hören‹, sagte der räße Junker, ›wie sie auch lauten mag. Und ich gebe dir mein Wort, dass ich dein Leben schone. Wenn du den Apfel nicht getroffen hättest …‹

›Richtig‹, bestätigte Tell, bevor der Landvogt seinen Satz beendet hatte. ›Dann hätte ich mit diesem zweiten Pfeil auf Eure Brust gezielt.‹

›Und die zu treffen‹, rief Walter, ›das wäre weiß Gott kein Kunststück gewesen.‹

›Aber eine gute Tat!‹, hörte man jemanden rufen.

Gessler fuhr herum. Dann fasste er sich und drehte sich langsam wieder dem bärtigen Jäger zu. ›Ich schenke dir das Leben, das hab ich dir versprochen. Doch wie und wo du leben wirst, darüber habe ich nichts gesagt.‹

Das Weitere war unverständlich, denn die Mittagsglocken hatten zu läuten begonnen. Sie riefen zum Essen, zu Kohl und Rüben oder Bohnen, mit Speck vielleicht, mit etwas Fisch aus dem See.«

Großvater spielte noch einmal mit meiner Ungeduld. Statt in der Geschichte fortzufahren, erklärte er lang und breit, was es damals alles nicht zu essen gab. Erstens keine Kartoffeln. Das heißt, es gab sie natürlich schon, aber anderswo, in einem fernen, noch namenlosen Land, das später Amerika hieß. Zweitens gab es keinen Reis, drittens keinen Mais, viertens keine Tomaten. Keine, keine: In meinem Kopf entstand ein Bild aus lauter leeren Flecken.

Großvater stand auf. »Tell hat nicht bei Martha essen können«, sagte er.

»Wieso?«

»Gesslers Knechte haben ihn gepackt, die einen von hinten, die anderen von vorn. Die Armbrust hat man ihm aus der Hand gerissen, Jagdmesser und Köcher vom Gürtel genommen. Man band ihm die Hände eng auf den Rücken und führte ihn ab. Er wurde auf ein Schiff gebracht, das dem räßen Junker gehörte. Auf Gesslers Burg in Küssnacht am unteren Ende des Sees sollte der Gefangene eingelocht werden. So tief, dass er kein Licht mehr sah.«

6

Ich hatte zwar vermutet, dass es so kommen würde, und war jetzt, wo das Furchtbare sich ereignete, doch sehr empört.

»Saubande«, fluchte ich.

Großvater blieb gefasst. Er holte sich ein Bier aus der Küche. Mir goss er Tee in ein Glas. Das Getränk war ein bisschen süß, ein bisschen fad und viel zu warm.

Walter, dachte ich, trank Wasser aus Brunnenröhren oder hölzernen Känneln, bloßes Wasser, aber eiskalt.

Ich stellte ihn mir vor in einem Gewimmel von Männern und Spießen. Tief enttäuscht sah er aus. Sicher hätte er sich lieber mit verhaften lassen als so nutzlos dazustehen. Eben hatte er das Heldenhafte noch mit seinem Vater teilen können, und nun blieb nichts mehr davon.

»Walter wurde wohl nicht mehr gebraucht?«, fragte ich.

Großvater schaute mich an. »Tell brauchte ihn noch, und Hedwig, seine Mutter, brauchte ihn auch. Er war ja ihr ältester Bub.

Walter ging jetzt neben dem gefesselten Vater her.

Die Spieße standen wie Schilf um die beiden herum. Tell hinkte. Er versuchte seinen Sohn zu trösten: ›Wo eine Tür zugeht, tut eine andere sich auf.‹

Walter blieb dicht an seines Vaters Seite, kam dabei selber ein wenig ins Hinken. Gern hätte er ihn begleitet bis nach Flüelen hinab, wo Gesslers Kähne lagen. Tell aber sagte: ›Geh, die Martha wartet auf dich.‹«

Großvater nickte. Es sah aus, als nicke er seinen Gedanken zu.

Meine Gedanken kehrten zur Linde zurück, zu Walter, der, ohne sich zu rühren, in einem Flecken Sonne stand, zum Apfel auf seinem Kopf, der eine wacklige Sache war. Ich sagte: »Er hatte keine Angst, überhaupt nicht.«

»Wer?«

»Walter.«

»Nein.« Großvater fand eine Erklärung. »Es war so aufregend alles. Der Junge kam schon gar nicht dazu, Angst zu haben. Angst hatte ein anderer, nämlich der Bleiche. Er bangte plötzlich um den Jungen. Er wollte ihm die Augen verbinden, damit er dem Pfeil nicht entgegenschauen musste. Doch Walter ließ es nicht zu.«

Meine Meinung war, dass Walter keine Angst zu haben brauchte, solange er den Vater sah. Mit verbundenen Augen dagegen, im Dunkeln, wäre er allein gewesen. Da hätte er Angst gehabt.

»Also«, sagte Großvater. Und nach einer Pause: »Er ist zu Martha gegangen. Tell hat am Tisch gefehlt. Doch Hedwig war da, seine Frau, Walters Mutter. Eine Nachbarin, die gern mit Gerüchten hausierte und gern übertrieb, hatte ihr die verrückte Nachricht vom Apfelschuss zugetragen. Hedwig wollte ihr nicht glauben. Wieso sollte Tell, fragte sie sich, auf einen Apfel schießen und noch dazu auf einen, der sich auf dem Kopf seines eigenen Kindes befand, und das alles außerdem in einem Jahr, wo weiß Gott kein überflüssiges Obst gedieh? Apfelschüsse gehörten, fand sie, eher zu den Kunststücken, mit denen fahrende Gaukler das Volk verblüfften.

Hedwig wollte die Wahrheit erfahren. Sie war zu Martha gelaufen und hatte sich über die haarsträubenden Vorfälle ins Bild gesetzt.

Walter langte mit dem Löffel in die große Schüssel und hörte dabei den Frauen zu. Er war ein bisschen stolz und ziemlich traurig. Und wütend war er auch. Vor allem aber hatte er Hunger. ›Ein leerer Sack kann nicht aufrecht stehen‹, pflegte sein Vater zu sagen.

Das Essen – Kohl mit Speck – war gut. Martha galt als beste Köchin weit herum. Viele kamen zu ihr, auch um Rat zu holen. Sie wusste, wie man einem Kind das Bettnässen abgewöhnt, was man auf eine Wunde auflegen muss, die nicht heilen will, und was man tun kann gegen böse Träume. Häufig empfahl sie Schlangenfett. Walter wusste nicht genau, für welche Leiden.

›Ach, dieser Wilhelm‹, hörte er seine Mutter seufzen. ›Spaziert unter dem Hut eines Landvogts vorbei, als wär's ein Baum auf dem Feld. Immer gerät er in Schwierigkeiten, immer ist er ausgerechnet da, wo eine Gefahr droht. Und wenn er dann festsitzt, macht er ein verdutztes Gesicht und sagt: Himmelherrgottdonnerwetter.‹ Sie nahm die Schürze vor die Augen und zerknüllte sie mit beiden Händen. Sie schluchzte einmal laut auf. Dann wischte sie sich die Nase ab und sagte: ›Ich habe genug. Letzten Herbst, beim Roden in der Oberen Egg, hat ihn ein Baum beinahe erschlagen.‹

›Beinahe!‹ Martha versuchte sie zu beruhigen, ihre Stimme klang aber hart.

Walter, der beim Holzen dabei gewesen war, schmunzelte kurz. Zu mehr kam er nicht, solange er aß. Doch erinnern konnte er sich auch mit vollem Mund: Vater hatte vor lauter Schreck nur ›Donnerwetter‹ herausgebracht, als der Baum dicht neben ihm aufschlug. Wirklich gefährlich war es vermutlich dann, wenn er bloß noch ›Wetter‹ sagen konnte.

Tell und Walter waren am Vortag von der Alp gekommen. Sie wirtschafteten dort zusammen mit Tells Schwager Jakob, der die beiden auf den Abend zurückerwartete. Tell legte beim Wildheuen Hand an. Walter hütete die Ziegen, die zusammen mit dem Rindvieh auf der Alp gesömmert wurden. Die Verabredung galt, auch wenn der Vater nun fehlte.

›Ich habe genug‹, sagte Hedwig noch einmal. ›Er folgt einer Gemse, die besser klettert als er, und versteigt sich in einen Felsen und kann nicht mehr vor und zurück. Es wird Abend, es wird Nacht, und er erfriert fast da oben.‹

›Aber er hat's überlebt‹, warf Martha ein.

Ohne hinzuhören fuhr Hedwig fort: ›Er rettet einen Verfolgten, rudert einen Kahn quer über den See, obwohl ein böses Wetter ist und kein Christenmensch sich draußen noch herumtreibt.‹

Hedwig meinte hier eine Tat ihres Mannes, die ihr erst spät zu Ohren gekommen war. Im Weiter- und Weitererzählen der Geschichte war sein mutiges Handeln nach und nach zur Heldentat angeschwollen.

Die Geschichte ging so: Ein Bauer aus Nidwalden hatte einen Landvogt umgebracht. Nun waren die Reiter hinter ihm her. Für den Fliehenden gab es nur eine Rettung, über den See.

Der Landvogt hatte die Frau des Bauern belästigt, als sie allein zu Hause war. Er hatte sie gezwungen, ihm ein Bad zu bereiten. Als er dann nackt im Zuber saß, wollte er auch die Bäuerin noch bei sich haben. Die aber lief hinter seinem Rücken hinaus, um ihren Mann zu rufen. Der Bauer kam zornig aus dem Wald. Er hatte Holz geschlagen und mit demselben Beil erschlug er dann den Fremden. Der mochte ein Herr sein, wo er wollte, aber nicht in diesem Haus.

Der fliehende Bauer hatte taumelnd das Seeufer erreicht. Er bat einen Fischer, ihn überzusetzen. Es donnerte. Der Fischer weigerte sich. Die beiden Männer standen bleich im Licht eines Blitzes. Dann die Finsternis. Es war dunkel wie in einem Schrank. Dann ein neuer Blitz und Donnerschlag. Der Bauer flehte den Fischer an. Umsonst.

Und hier, im richtigen, im allerletzten Augenblick trat der bärtige Jäger dazu, der mit dem Ruder so gut zurechtkam wie mit der Armbrust. Der Nidwaldner erzählte ihm in Fetzen von seinem Unheil, während man schon das Trampeln von Pferdehufen hörte. Tell sprang in den Kahn. Er wagte die Überfahrt und rettete so den Bauern vor dem Tod.

Dieses Abenteuer hatte Tell seiner Frau verschwiegen. Nicht aus Bescheidenheit, sondern weil er ihre Klagen fürchtete. Hedwigs Stimme wurde schrill in solchen Momenten. Außerdem hatte sie vollkommen Recht. Tell wusste nicht, was er sagen sollte, was es da überhaupt noch zu sagen gab. Und weil er schwieg und schwieg, wurde Hedwigs Stimme schriller und schriller. Die Frau redete sich in ein Gestrüpp von Worten hinein. Tell stand daneben. Seine Hände hingen schwer an seinen Armen.

›Wilhelm Tell, der Retter und Rächer‹, hörte er, ›lässt Frau und Kinder im Stich. Sie warten auf ihn. Es wird spät. Sie warten immer noch. Vielleicht warten sie vergebens.‹

Einmal ging Tell hinaus und knallte die Tür zu und kam erst zwei Tage darauf mit einem Murmeltier, einem Birkhuhn, einem Hasen und einer Hand voll Vogeleier zurück. Das ergab ein schönes Mahl. Alle aßen so viel, dass ihnen nachher ein bisschen übel war. Doch das verdarb ihnen nicht die gute Laune.

Walter nahm Tells Armbrust von der Wand. Er wollte unbedingt damit schießen. Tell nahm ihm die Waffe aus den Fingern. ›Erst wenn du die Sehne selber spannen kannst‹, entschied er.

Dem Jungen war klar: Er musste sich noch einige Jahre gedulden.«

7

Ich wusste nicht mehr, wo wir waren.

»Du erzählst kreuz und quer«, sagte ich. Großvater schaute mich an. Er überlegte. Sein Blick setzte sich an einzelnen Stellen meines Gesichtes fest. »Es gibt Geschichten«, sagte er, »die laufen kilometerlang geradeaus – wie unsere Reuss, bevor sie in den See fließt. Wilhelm Tells Geschichte gehört zu einer anderen Sorte. Sie gleicht der Reuss, wie sie früher war: gewunden, in Flüsschen und Rinnsale verzweigt, mit Teichen und Tümpeln.

Also«, sagte Großvater, »zurück in Marthas Küche in Altdorf. Alles ist hier noch an seinem Ort: die Schlafstelle, die Bänke, die schmalen Fensterschlitze, das Feuer neben der offenen Tür, die beiden Frauen – und er.«

»Wer?« Ich tat, als wüsste ich nicht, wen er meinte.

»Walter, wer sonst. Seine Mutter hat sich auf den Schenkel geklatscht. ›Kann mir einer bitte erklären, was das Ganze soll, diese gottlose Schießerei auf Äpfel und Kinder. Und wie immer weiß man nicht, wie's weitergeht – ob's überhaupt weitergeht.‹

›Dein Bub lebt noch‹, stellte Martha fest.

Hedwig sah ihren Sohn erst jetzt – oder fing an,

ihn zu sehen. Ihr Lachen klang wie ein Schluchzen. Sie fasste Walters Schultern und drückte sie, ließ sie los und drückte sie wieder. Sie sagte: ›Versprich mir, Walter, versprich mir.‹ Und wusste nicht weiter.

Jetzt war es der Junge, dem die Tränen kamen. ›Ja‹, sagte er schnaufend, ›ja, ja.‹ Er wusste nicht, was er versprach. Am liebsten alles. ›Wo eine Tür zugeht, tut eine andere sich auf‹, sagte er.

Seine Mutter nickte heftig.

Doch Martha widersprach. ›Die Kerker, von denen ich weiß‹, sagte sie leise und deutlich, ›die haben nur eine Tür.‹

Sie ging hinaus und kam kurz darauf mit drei Äpfeln zurück. Grün mit roten Backen. Einen reichte sie Hedwig, einen Walter und einen behielt sie selbst.

Auf der Straße fluchte jemand. Nur kurz. Dann fluchte er ein zweites Mal und länger.

Martha biss kräftig in ihren Apfel hinein. Das war verwunderlich. Denn ihr Gebiss sah ziemlich verlottert aus. Vorn fehlten ihr drei Zähne.

Das Fluchen kam näher. Eine lange Kette von Wörtern, die einer ausstieß, ohne dazwischen Atem zu holen. Durch die Türöffnung sah man dann auch, wer es war. Ein Säumer. Er redete auf diese Weise mit seinem Maultier, das eine andere Sprache vielleicht nicht verstand und zudem schwerhörig war.

Hedwig bekreuzigte sich. Das war ein Gegenmittel gegen die Kraft des Fluchens, die den Teufel herbeirief. So glaubte man. Im großen Ganzen blieb der Teufel aber unberechenbar. Manchmal kam er, wenn man fluchte, und manchmal nicht. Und manchmal kam er auch ungerufen.

Martha fuhr mit der Hand unter die Haube, die ihr Haar bedeckte, um sich am Kopf zu kratzen.

Walter horchte auf einen schleppenden Gesang. Ein Pilgerzug. Er musste sehr lang sein. Die fernen Stimmen klangen wie ein Echo hinter den näheren her. Der Junge trat vor die Tür. Er kniete nieder, um das Kreuz zu grüßen, das über den Köpfen der frommen Reisenden näher schwankte.

Dann setzte er sich auf die Schwelle. Hier, vor Marthas Haus, kam die ganze Welt vorbei. Kaufleute mit hoch beladenen zweirädrigen Karren, bunte Ritter, Gelehrte, Geistliche, Händler und dazwischen immer wieder Kisten, Kästen, Fässer, Säcke, Ballen. Führer aus dem Tal, die die schwierigen Wege auch bei Nebel und im frischen Schnee noch fanden, begleiteten die Reisegruppen.

Im Winter bot auch Tell sich zuweilen als Führer an. Mit einer langen Stange ging er voraus, prüfte die Tiefe von Schneeverwehungen, stocherte nach verdeckten Löchern. Nur einmal war er in eine Lawine geraten, mehrmals aber hatte er verschüttete Wege vorgefunden und verletzte Reisende aus einer Lawine befreit.

Das gefährlichste Stück des Gotthardweges war die Schöllenen-Schlucht. Hölzerne Planken hingen hier über dem Wasser an der senkrechten Felswand. Der Steg war so schmal, dass die Reiter absteigen und die Tiere am Zaum führen mussten. Manche Reisende ließen sich mit verbundenen Augen durch diese Wildnis tragen. Sie beteten mit klappernden Zähnen, während das tosende Wasser ihnen um die Glieder stob. An einer besonders schwierigen Stelle führte eine steinerne Brücke über den Abgrund. Ein ganz und gar halsbrecherisches Bauwerk. Unvorstellbar, dass Menschen so etwas errichtet hatten. Das konnte nicht mit rechten Dingen zugegangen sein.

Die Urner, heißt es, hätten mit dem Teufel einen Vertrag ausgehandelt: Wenn er ihnen eine Brücke baute über die Schlucht, dann sollte der Erste, der darüber ging, ihm gehören.

Drei Tage später habe die Brücke fertig dagestanden, ein steinerner Bogen, der eine Felswand mit der anderen verband. Die Urner staunten. Das Wunderding hatte nur einen Fehler: Wer die Brücke überquerte, der lief direkt dem Teufel entgegen, der drüben wartend auf der Brüstung hockte. Wer würde der Erste sein? Keiner hatte Lust auf die Hölle.

Die Urner berieten lange. Dann schwiegen sie lange. Und plötzlich hatte einer, der sonst nicht der

Klügste war, eine Idee. Er stand auf, ging talwärts, und nach einer knappen Stunde kehrte er mit einem jungen Ziegenbock zurück. Das Tier war nicht gewohnt, an einem Strick zu gehen. Bald zerrte es, bald musste es gezogen werden. Als das Böcklein aber den Gehörnten am anderen Ufer entdeckte, der ziemlich verwandt aussah, senkte es den Kopf und sprang auf ihn zu. ›Da, nimm ihn, den Ersten, nimm ihn dir‹, riefen die Urner und lachten, dass es von den Felswänden hallte.

Der Teufel war so wütend, dass er die Brücke gleich wieder zerstören wollte. Er lief ins Tal hinunter. Er wusste, da lag ein riesiger Stein, mit dem er die Brücke in einem einzigen Wurf zerschmettern konnte. Der Teufel schob und stemmte und trug ihn bergan.

An einer Böschung saß eine alte Frau. ›Nimm's nicht so streng‹, sagte sie.

Der Teufel keuchte.

›Bist ganz verschwitzt‹, sagte sie.

Der Teufel ächzte.

›Hast doch eine kleine Pause verdient‹, sagte sie.

Dem Teufel wurde warm ums Herz. Es war eine andere Wärme als die der Hölle. Er hielt inne. ›Wenn du meinst‹, sagte er.

Während er verschnaufte, hob die Alte schnell einen Kiesel auf und ritzte ratzkratz ein Kreuz in den Stein.

Der Teufel merkte es zu spät. Schon war alles Drücken und Ziehen umsonst. Der Stein war jetzt so schwer wie ein Berg. Er musste ihn liegen lassen.«

Großvater sagte: »Genug für heute.« Er stand auf, um sich zu strecken. Dabei stöhnte und lachte er ein wenig. Er hatte ein »böses Bein«. So nannte er das. Richtig böse wurde es erst, wenn er lange Zeit saß.

8

Großvater verschwand im Tomatenhaus. So hieß das schrankartige Ding, zusammengesetzt aus alten Fensterflügeln, in dem er die regenscheuen Pflanzen zog. Durch das Glas sah ich seinen dunklen Umriss.

Ich holte die alte Schere vom Sims des Geräteschuppens und schnitt eine Hand voll Salatblätter ab, die in einer dichten Reihe am Rand eines Beetes wuchsen. Ein wenig kannte ich mich hier ja schon aus. Ich wusste, dass am Abend ein Salatgericht fällig war und dass man die Schere nach dem Gebrauch sofort wieder auf den Sims zurückzulegen hatte.

In der Küche wusch ich den Salat. Großvater mischte die Sauce. Auf dem Tisch lagen fertige Pizzastücke bereit, die nur aufgewärmt werden mussten.

Großmutter kochte am Sonntag. Werktags hatte Großvater mehr Zeit. Er besorgte nur den Garten. Beide waren in Pension, doch er war sozusagen pensionierter als sie.

»Oh!«, sagte Großmutter anerkennend, als sie vor dem gedeckten Tisch stand. Sie hatte ein Eis für mich in den Kühlschrank gelegt. Jeden Abend brachte sie etwas mit von ihrem Kiosk. Einmal sogar ein Taschenmesser. Ein gutes Messer, ein richtiges, eins mit Schweizerkreuz.

Sie erkundigte sich nach Wilhelm Tell, als hätten wir ihn eben im Garten angetroffen.

Ich gab Auskunft: »Es geht ihm schlecht. Er sitzt gefesselt in einem Kahn.«

Großmutter machte ein düsteres Gesicht. Sie schien Tell zu mögen. Sie mochte, glaube ich, besonders das, worum sie sich ein wenig ängstigen konnte. Mein Vater, ihr jüngster Sohn, gehörte dazu. Natürlich mochte sie auch ihren Mann, aber auf eine andere Art.

An der Wand hinter Großmutters Kopf hing ein altes, gelbliches Foto. Es zeigte Großvater als Wilhelm Tell, aufgenommen auf einem Kostümfest. Man erkannte ihn kaum, so bärtig und jung.

Ich versuchte mir vorzustellen, wie mein Vater aussehen würde, verkleidet als Tell, mit Bart, die Haare wie Heu. Und ich wäre Walter, sein Sohn. Er hielte mich bei der Hand. »Man kann den Hunden das Bellen nicht verbieten«, würde er zu mir sagen.

Vater war kaum weniger zäh als der bärtige Jäger. Und ebenso schweigsam. Er ertrug Hitze und Kälte und Kopfweh. Nur Fragen ertrug er nicht. Pech für

Großmutter, die alles wissen wollte. Da sie von ihrem Sohn seit Monaten keine rechten Antworten erhielt, fragte sie mich.

Sie erkundigte sich, wie Vater lebte seit der Trennung von Mutter und mir. Ich konnte nicht so viel berichten, wie sie hören wollte.

Großvater schwieg. Er nickte. Ich wusste nicht, was es in dieser Sache zu nicken gab. Großvater nickte sowieso mehr, dünkte mich, als nötig war.

»Sag mal«, fing Großmutter wieder an. »Sag mal, diese Cornelia ...« Sie wollte Näheres über Vaters Freundin erfahren.

Sie sei Zahnarztgehilfin, antwortete ich. Doch das wusste Großmutter schon. Sie sei nett, ergänzte ich. Das war ihr neu.

»Frische Freundinnen sind immer nett«, mischte Großvater sich ein.

»So frisch ist sie auch wieder nicht«, sagte ich.

»Nein?« Großmutter schaute mich neugierig an. Wie frisch oder unfrisch genau, getraute sie sich nicht zu fragen.

Wir wünschten uns gegenseitig eine gute Nacht. Für mich wurde es eine schlechte. Das ganze Bett war angefüllt mit Heimweh und ich lag mittendrin. Es war leichter, sich in Altdorf einen Apfel vom Kopf schießen zu lassen, als hier in den Ferien zu sein. So wenigstens sah ich die Sache in jener Nacht.

Ich versuchte mir meinen Vater vorzustellen, der eine Armbrust an die Wange hob. Es gelang mir nur halb. Oder nur zu einem Viertel.

Die Nacht war wie ein Tunnel ohne Ausgang.

9

Am Morgen fragte ich mich, wohin die Dunkelheit so plötzlich und spurlos verschwinden konnte. Das Licht war unglaublich und schön.

Wir saßen auf unserer Treppe, Großvater und ich.

»Also«, sagte ich.

Großvater bestätigte: »Also. Also gut, also dann, also los«, und setzte seine Erzählung fort.

»Walter war nun unterwegs zur Alp. Auf dem Rücken trug er einen Korb mit allerlei Dingen, die Jakob, sein Onkel, benötigte. Was die Last schwer machte, war ein großer Stoffsack mit Salz. Die trockenen Bohnen und die Hanfseile hatten weniger Gewicht.

Über Walters Kopf war der Himmel noch blank und blau. Im Westen schoben sich Wolken vor die Sonne empor, rasch wachsende seltsame Geschwülste, eine über der andern. Die Welt sah ziemlich krank aus. Vielleicht war es das grünliche Licht, das diese Wirkung ergab.

Der Junge schwitzte.

Windstöße kamen, einzeln, mit Pausen, in denen man die Wärme spürte, die vom Geröll und Gestrüpp aufstieg.«

Großvater sprach über das Wetter wie ein Reporter über ein Fußballspiel. Satz für Satz begleitete er die sinkenden Wolken, die kälter werdenden Winde, dann Blitz und Donner, »Zaff« und »Wumm«, dann Sturmböen und Regenflut.

»Der Bergpfad war bereits zum Bach geworden. Walter fürchtete, das Salz fange an sich aufzulösen, tropfe womöglich schon hinter ihm talwärts. Er raufte etwas Farn zusammen, um damit den Korb zu decken, und watete weiter in eine polternde graue Finsternis hinein.

Einmal stieß der Wind ihn über die Böschung. Er griff nach einem Erlenzweig und hielt sich fest. Es gelang ihm, auf den Weg zurückzuklettern.

Unter einem Felsvorsprung verschnaufte er. Die Wetterhexen fielen ihm ein, die Unwetterhexen, die auf ihren Feuerstellen solche Stürme zusammenbrauten. Sie schmissen Ungeziefer in große Töpfe, rührten um und sangen Zauberlieder und kochten ein Gewitter, so wie man eine Suppe zubereitet.«

»Machten die Hexen auch schönes Wetter?«, fragte ich. Großvater überlegte. »Ich weiß es nicht.«

»Wohl kaum«, sagte ich. »Mehr als eine kurze Aufhellung hätten sie wohl nicht zu Stande gebracht.« Großvater nickte.

Meine Gedanken sprangen herum wie junge Hunde. Von einer blonden Schönwetterhexe zu meiner Mutter und zu vielen Dingen, die ich gleich wieder vergaß. Ich stellte mir Großvaters Gedanken vor. Sie kreisten ruhig wie die Bergdohlen, denen wir kürzlich zugeschaut hatten.

»Walter dachte an seinen Vater«, sagte er, »der mit gebundenen Händen in einem wild schaukelnden Kahn saß. Je stürmischer es wurde, umso weniger Sorgen machte sich der Junge um ihn. Der Sturm gehörte zu Wilhelm Tell wie der Mut, die Kraft und die Armbrust.«

Großvater stand auf, um sich zu strecken. »Ju!«, jauchzte er in den Garten hinaus. Er ahmte den Ruf nach, den Walter jetzt im Geheul des Wetters deutlich vernahm.

»›Ju, ju, ju!‹

Der Junge gab Antwort: ›Ju, ju, ju!‹

›Da bist du ja‹, sagte der Mann, der nun vor ihm stand. Es war sein Onkel Jakob. Er fragte nach Walters Vater.

Der werde nachkommen, erklärte der Junge. Spätestens morgen. Walter zweifelte nicht daran, dass sein Vater sich befreien würde. Er sah ihn, wie er im Boot stand, hoch wie ein Mast, umringt vom räßen Junker und seinen Knechten, und wie er jeden, der ihm nahe kam, mit einem Tritt seiner langen Beine ins Wasser stieß.«

Auch ich sah ihn, den bärtigen Jäger. »Er holte sich sein Messer«, sagte ich, »und schnitt seine Fesseln entzwei. Kniend, den Messergriff zwischen die Fersen geklemmt, so schabte er mit dem Strick über die Klinge.«

Großvater lachte. »Einer der Knechte hielt sich noch außen am Schiffsrand fest. Die Übrigen waren … ach ja.«

»Ersoffen?«

»Sie trugen erstens schwere Kettenhemden und konnten zweitens sowieso nicht schwimmen. Wir befinden uns im Mittelalter, Bub. Keine Schwimmbäder, keine Sprungbretter, keine Kühltruhen mit Vanille- oder Erdbeereis. Man badete, um sich zu waschen.«

Wieder dieses magere Bild des Mittelalters. Eine Zeit, in der es außer Pferden, Waffen und Burgen, Bergen und Bergbauern noch kaum etwas Vernünftiges gab. »Und Tell?«, fragte ich.

»Nichtschwimmer, auch er.«

Ich sah den bärtigen Jäger bis zu den Knien im seichten Wasser stehen. Sein bekümmerter Blick ging auf die glitzernde Fläche hinaus.

Großvater setzte sich wieder.

»Also.«

Diesmal war er es, der nicht mehr wusste, wo wir waren. »Also«, wiederholte er.

»Also, der Onkel Jakob«, sagte ich.

»Der Jakob, ach ja. Nun, er untersuchte Walters Korb. Er hob die Seile heraus und betastete den Sack mit dem Salz, das er zum Einreiben der fertigen Zigerkäse brauchte. Er brummte. Das hieß, dass er einigermaßen zufrieden war. Zufriedener als einigermaßen war er fast nie. Jakob fiel es viel leichter, unzufrieden zu sein.

Der Junge fror.

Sein Onkel nahm den Korb und ging voraus.

10

In der Hütte setzte Walter sich ans Feuer. Er grüßte einen Alten, der schon dasaß und an einem Holzlöffel schnitzte. Sepp, so hieß er, war ein tief gekrümmtes, windschief verbogenes Männchen. Er glich einem der Bäume, die oberhalb der Waldgrenze in einer geschützten Rinne einzeln überleben.

Neben Sepp kauerte der Zubub, ein elternloser Bursche. Er ging dem Onkel beim Käsen an die Hand. Um seine Kleider und sich selber zu trocknen, wandte er dem Feuer abwechselnd die Brust und den Rücken zu.

Walter aß und erzählte. Er schob Schnipsel von Zigerkäse in den Mund. Jakob schnitt sie ihm einzeln von einem kopfgroßen Laib, zögerte dabei aber jedes Mal, bis Walter sich nach einem weiteren Bissen umsah. Es war, als schneide der Mann sich die Stücke aus dem eigenen Fleisch.

Walter erzählte vom Hut auf der Stange, vom Apfel, vom zweiten Pfeil, und wie man den Vater mit gebundenen Händen abgeführt hatte.

Jakob meinte: ›Der kommt nicht so bald wieder.‹

Walter widersprach.

Der Onkel beschäftigte sich bereits mit der Frage, wer für den fehlenden Mann einspringen konnte. Zum Binden der Wildheuballen brauchte es einen Zweiten. Für den Transport dann erst recht. Der ging ja durch Schutthalden und über Felswände hinab. Dem Sepp, der kaum mehr ebenaus, geschweige denn bergan gehen konnte, mangelte die nötige Kraft. Wie er vor zwei Wochen hier heraufgekommen war, blieb ein Rätsel. Eines Tages stand er in der niedrigen Tür, dunkel vor dem Hellen. Er brauchte sich nicht zu bücken. Jakob meinte, ein Wildmannli komme über die Schwelle.

Die Wildleute, erzählte man sich, seien die alten Bewohner der Berge gewesen. Die richtigen Menschen gehörten nicht ganz dahin. Die Gemsen hätten sie wie Ziegen gehalten. Sie hüteten und molken sie. Als die ersten Jäger kamen, um die Tiere zu schießen, wurden die Wildleute traurig. Sie fürchteten, ihre Nahrung und ihre Wohnplätze zu verlieren.

Mit einzelnen wenigen Menschen schlossen sie eine Art Freundschaft. Sie halfen ihnen sogar beim Heuen. Wer die Gemsen schonte, dem schenkten sie ein Gemskäslein, das immer wieder nachwuchs, wenn man davon aß. Man musste am Abend aber stets ein Restchen Käse übrig lassen. Am folgenden Morgen war er wieder rund und ganz. Aß man den Käse dagegen auf, war der Zauber vorbei, und der Teller blieb leer.

Die Wildleute, hieß es, hätten die Füße verkehrt herum an den Beinen gehabt. Durch ihre Spuren durfte man sich nicht verwirren lassen. Fand man eine, die bergwärts zeigte, konnte man annehmen, ein Wildmannli oder ein Wildweiblein sei ins Tal gegangen.

Sepp, ein Harzbrenner und Köhler, hatte tatsächlich etwas von einem Wildmannli an sich. Er roch ziemlich wild. Seine Kiefer waren immer in Bewegung. Zwischen den Mahlzeiten kaute er an einem Klümpchen Harz von Tannen oder Föhren. Er besaß noch die nötigen Zähne dazu. Klein wie Milchzähne, aber bei weitem nicht mehr so weiß wie Milch. Um den schmutzigen Hals trug er ein Kreuz und ein Amulett, einen Bärenzahn. Der behütete ihn vor wilden Tieren.«

»Bärenzahn?«, fragte ich. In mein mageres Bild des Mittelalters kamen auf einmal fletschende Zähne und schlagende Tatzen.

»Es gab Bären, Wölfe, Luchse«, erklärte Großvater. »Auch Seeadler kamen vor. Zum Schutz vor solchen Tieren verwendete man Zaubermittel und Gebete. Das mächtigste Mittel war ein Gebetsruf, den der Senn Abend für Abend über die Weiden und in die Felsen schickte.

Heiliger Sankt Antoni
behüt das Vieh.
Behüt die Alp
und Kuh und Kalb
und Geiß und Bock.
Behüt die Haut,
behüt das Bein
vor dem reißenden Wolf
vor dem fallenden Stein.

Es war noch Nacht und nicht mehr ganz Nacht, als Walter vor die Hütte hinaustrat: die seltsame farblose Zeit vor dem Morgenrot. Eine klare Luft, der Himmel ohne Wolken. Die Hunde, die bei den Herden geblieben waren, machten einen fröhlichen Lärm. Durch Rinnsale und Pfützen ging der Junge, einen Melkkübel in jeder Hand, zu den Ziegen. Sie meckerten im Gestrüpp, wo sie an Ästen festgebunden waren. Einige hatten sich mit ihrem Seil in den Büschen verfangen. Sie konnten sich kaum mehr rühren, aber laut klagen und ihre Glocken schütteln, das konnten sie noch. Die Zweige ringsherum waren kahl gefressen. Die Tiere hatten Hunger.

Einundzwanzig Ziegen mussten es sein, einundzwanzig ›Nasen‹, so sagte man wohl damals schon. Zwölf davon gehörten dem Onkel; sechs Ziegen, zwei Zicklein und ein Bock dagegen Walter, das heißt seiner Familie. Der Onkel hatte im Frühling alle seine Zicklein gegen ein Rind getauscht. Er trieb Geschäfte mit einem Viehhändler, der ins Unterland und nach Italien fuhr.

Walter zählte nur zwanzig Nasen. Eine von seinen Ziegen, die älteste, fehlte. Mondfleck hieß sie.

Als der Junge mit den vollen Kübeln auf die Hütte zuging, war die Sonne schon aufgegangen. Auf dem Steindach lag ein Ziegenfell, Mondflecks Fell, zum Trocknen ausgebreitet. Wölfe ließen von ihrer Beute keine solchen Felle zurück. Menschen dagegen schon. Die machten Pergament daraus, das dann beschrieben wurde.

Ohne zu fragen, hatte der Onkel also das Tier geschlachtet. Und glaubte sich offensichtlich im Recht. Vergangene Woche hatten sie die Innereien einer Gemse gegessen, die in eine seiner Fallen geraten war.

Walter fand den Onkel in der Käsegrotte beim Salzen der Laibe. Was mit der Ziege geschehen sei, fragte er.

Jakob gab keine Antwort.

Der Zubub, der neben ihm stand, fing an zu grinsen und hörte gleich wieder auf.

Walter sagte: ›Sie war noch gesund.‹

›Sie fraß wie eine Gesunde‹, entgegnete Jakob, ›aber Milch gab sie keine mehr.‹

Walter wusste es besser.

Sie redeten hin und her, bis Jakob schrie: ›So, und jetzt halt's Maul!‹

Der Junge dachte: Man kann den Hunden das Bellen nicht verbieten. Er ging zu den Ziegen zurück. Vater wird sich das nicht gefallen lassen, auch nicht vom Senn und Meister, tröstete er sich. Er wird uns mindestens etwas einhandeln für das alte Tier, ein anständiges Stück Ziger, ein paar geräucherte Fische.

Walter band die Ziegen los. Er folgte ihnen bergwärts. Sie schienen zu wissen, wohin sie wollten. Walter wusste nur, wohin er sie *nicht* gehen ließ: Die Kuhweide gehörte ganz den Kühen, Rindern und Kälbern. Das lange Grasband, das über der Alp quer durch die Felswand lief, hatten die Wildheuer belegt. Am strengsten verboten war das Weiden unten im steilen Bannwald, der das Tal vor Lawinen und Steinschlag schützte.

Der Boden war noch nass, die Felsen glänzten. Der ganze Berghang tönte wie eine Wasserorgel, die alles gleichzeitig spielte vom Rauschen und Röhren der Bäche bis zum hellen Geklingel einzelner Tropfen, die in einen Tümpel fielen. Dazu kam das Scheppern der Ziegenglocken.«

Großvater schnippte im Erzählen die Töne herbei oder ballte sie zusammen. Er führte sie so genau vor, dass ich sie tatsächlich hörte.

»Ein Bach, den die Ziegen sonst mühelos von Stein zu Stein überquerten, war stark angeschwollen. Die Tiere folgten dem Wasser bergwärts und kamen in schweres Geröll. Ein Zicklein verlief sich in einen Spalt zwischen Felsbrocken hinein und meckerte zu Walter empor. Er holte es heraus. ›Gitz, gitz, gitz‹, rief er dann und trieb die Herde seitwärts gegen einen Grat, in ein sanfteres und grüneres Gelände.«

Großvater war aufgestanden. Er machte ein paar Schritte den Kiesweg entlang. »Ja, dieser Berg, dieser Berg«, sagte er. »Der galt damals nicht als schöner Ort. Er gehörte zur ›Wildi‹.«

»Ohne Wegweiser, ohne Wanderer«, ergänzte ich. »Das Mittelalter ist vor allem *ohne.*«

Großvater lachte. »Und unsere Zeit ist vor allem *mit*: Vanille-Eis mit Mandelsplittern, Shampoo mit Ei.«

Wir schwiegen.

Mir ging der Name Mondfleck im Kopf herum. Das heißt, er ging nicht, er stand: Mondfleck, Mondfleck. Und das Fell auf dem Hüttendach.

Großvater stellte sich vor mich hin. »Woran denkst du?«

»An nichts. An Mondfleck.«

»Ein schönes Wort. Ein schönes Tier«, sagte er. »Einige von Walters Ziegen hatten die Namen von heiligen Frauen: Bibiana, Cäcilia, Zita. Eigentlich war es ein Frevel, den Tieren solche Namen zu geben. Doch das wusste Walter anscheinend nicht. Sein Bock hieß Serenus.«

Großvater erzählte weiter. Von einer Gemse, die Walter zuerst für eine der Ziegen hielt: eine Gemsgeiß, die reglos herüberschaute, dann ihren fauchenden Pfiff gab, dann ein paar ruhige Sprünge machte. Von zwei kämpferischen Ziegen, die sich auf die Hinterbeine erhoben, bevor sie krachend ihre Stirnen zusammenstießen. Und von reifen Heidelbeeren.

»Walter aß die Früchte mit etwas getrocknetem Schweinefleisch, das Martha ihm noch mitgegeben hatte.

Er dachte an seinen Vater. Der war inzwischen wohl längst zurückgekehrt. Der Junge sah ihn schon neben sich unter dem Vordach der Hütte. Und er hörte ihn berichten, langsam, Stück für Stück das ganze Abenteuer auf dem See.«

11

Walter täuschte sich.« Großvater stand noch immer aufgerichtet da.

»Das heißt, Tell war noch nicht zurück?«

Großvater nickte. »Beim Abendessen wiederholte Onkel Jakob seinen schwarzen Satz: ›Der kommt nicht so bald wieder.‹ Er schien Recht zu haben, vorläufig jedenfalls, und das war wohl der Grund, warum er ausnahmsweise lachte. Er ergänzte kauend: ›Wenn der Wilhelm nicht zum Heuen kommt, muss ich halt den Koni rufen.‹

Koni war einer, der Schnaps trank, und das bereits am frühen Morgen. Ihm kam keiner bei. ›Wenn man den hängt, reißt der Strick‹, hieß es. Im vorigen Sommer hatte er Händel gehabt mit einem fremden Wildheuer, den er vom Platz vertreiben wollte. Einer aus dem Schächental. Sie gingen mit den Sicheln aufeinander los. Den Fremden erwischte es dann. Koni hatte nur einen Kratzer am Arm.«

»Der Fremde war tot?«

»Man trug ihn ins Tal. Er starb am Tag darauf.«

Großvater setzte sich.

»Walter beugte den Kopf über einen runden Suppenteich«, fuhr er fort. »Milchsuppe war es, mit dem zähen Fleisch einer alten Ziege. Sie füllte eine tellerförmige Vertiefung im Tisch. Walter betrachtete die Fettaugen, die in Schwärmen darauf schwammen. Diese Augen schauten ihn nicht an. Sie schauten vorbei, nirgendwohin. Einzelne schielten, andere zwinkerten. Lustig war das aber nicht, im Gegenteil. Dem Jungen kam das Schielen und Zwinkern sehr traurig vor. ›Himmelherrgottdonnerwetter‹, sagte er in sich hinein, um nicht zu heulen.

Sepp, der Alte, spürte seine krummen Knochen. Das hieß, das Wetter schlug wieder um. Schon am späten Nachmittag war der halbe Himmel grau gewesen.

Der Zubub schlug Walter eins der Wettspiele vor, die sie oft bis tief in die Dämmerung spielten, und bei denen der Ältere immer gewann. Der Zubub war schon ein halber Mann. Um den Mund herum wuchs ihm der Flaum wie einem Küken. Heute hatte er Lust auf Weitsprung. ›Ohne Anlauf‹, keuchte er. Was der Zubub sprach, kam immer kurz und atemlos aus ihm heraus.

Walter mochte nicht springen. Steinstoßen auch nicht. Aber Sepp zuhören, das mochte er gern.

Sepp erzählte von einem Ziegenhirten, der das Wettermachen lernte. An der Geschichte war nicht zu zweifeln, denn Sepp nannte genau den Namen des Hirten und den Namen der Alp, wo eine zauberkundige Wetterhexe den Burschen besuchte. Wenn der Hirt allein war, zauberte er zum Vergnügen oft ein wenig vor sich hin. Er ließ eine schwarze Wolke entstehen, ein Blitzchen, ein Dönnerchen und ein bisschen Regen. Zum Zaubern gehörte eine Schüssel mit Wasser und weißen Bohnen und sonst allerlei Drum und Dran.

Einmal schüttete der Hirt aus Übermut und Dummheit die ganze Schüssel aus: alles Wasser, alle weißen Bohnen, alles Drum und Dran. Sofort entstand ein fürchterliches Hagelwetter. Knöcheltief lagen die Körner über der ganzen Alp. Der Boden ruckte und riss. Die Erde löste sich vom Hang und fuhr schließlich samt Hirt und Herde zu Tal. ›Vom Burschen und seinen Tieren blieb nichts zurück‹, sagte Sepp, ›kein Hemdenzipfel, kein Horn, kein Haar.

Die Stelle, wo der Erdrutsch niederging, ist immer noch zu sehen.‹

Walter dachte an den Sommermorgen eines vergangenen Jahres. Um die Hütte war alles weiß gewesen. Die Kühe standen bis zum Bauch im nassen Schnee und brüllten. Die Ziegen verharrten gedrängt unter den Ästen einer frei stehenden Tanne. Walter pinkelte sich auf die bloßen Füße, um die kalten Zehen etwas aufzuwärmen. Sein Vater machte ein paar alte Stoffschuhe für ihn zurecht. Er stopfte die viel zu großen Latschen mit Heu und band sie dem Jungen so um die Beine, dass er darin gehen konnte.

Walter legte sich auf sein Bett, ein Polster aus Farnkraut. Er schaute ins Dachgebälk empor. Das Feuer erzeugte hier unruhige Lichter und Schatten, die dem Holzgefüge etwas Wackliges gaben. Ein heller Schein fuhr darüber, wenn der Alte eine dürre Alpenrosenstaude aufflammen ließ.

Sepp schnitzte an einer Kelle. Auch er erwartete Tell von Stunde zu Stunde zurück. Gleichzeitig hatte er Angst um den Mann. Um sich selber und den Jungen zu ermuntern, erzählte er Beispiele aus dem Leben des bärtigen Jägers, Geschichten, die bewiesen, dass Tell einer war, den Gott nicht im Stich lassen konnte.

Einmal, in einem Sommer, quoll brauner und grauer Rauch vom Tal herauf. Der Bannwald brannte. Tell handelte sofort. Er leitete das Wasser eines Wildbachs dem Feuer zu. Hustend und schwitzend baute er aus hölzernen Känneln einen Kanal. Als er fast damit fertig war, fing es wie aus Kübeln an zu regnen.

Ein anderes Mal wurde ein Senn von der Tobsucht erfasst. Er riss den Ziger von den Planken, schmiss ihn zur Tür hinaus, stampfte darauf herum. Tell eilte herbei und packte den Mann und hielt ihn fest. Er sperrte ihn so in seine Arme ein, dass er sich nicht mehr rühren konnte. Das machte den Senn zuerst noch wütender. Er schnaubte, biss Tell in die Schulter. Auf einmal aber wurde er ruhig und schließlich begann er zu heulen.

Walter kannte diese Geschichten. Er hörte sie gern. An diesem Abend aber waren sie nur ein kleiner Trost. Und ein größerer war im Augenblick nicht zu haben.

Der Junge schlief ein. Tief in der Nacht weckte ihn eine Atemnot. Er lag starr wie ein Scheit. Über sich sah er den Widerschein der Feuerstelle, ihr matt gewordenes Glühen, neben sich hörte er das Schnaufen und Schnarchen der Alpgenossen. Er wusste sofort, was geschehen war: Das Toggeli hatte sich auf seine Brust gesetzt.«

»Das Toggeli?« Ich hörte das Wort zum ersten Mal. Es klang lustig, hölzern und fremd.

»Er konnte sich nicht mehr rühren«, sagte Großvater. »Er wollte rufen, aber sein Mund blieb stumm.«

12

Ich hatte Großmutter nicht kommen hören. Sie setzte sich an Großvaters Seite. »Störe ich?«, fragte sie, als sie schon saß. »Wie geht's dem Tell?«

»Nicht besser als gestern«, antwortete ich. »Immer noch im Kahn, immer noch gefesselt und bewacht.«

Großmutter wunderte sich. »Wie? Ist seither keinen Ruderschlag weitergekommen? Das könnt ihr ihm doch nicht antun, eurem Tell!«

Sie erkundigte sich nach Walter.

»Das Toggeli sitzt auf seiner Brust«, sagte ich.

Großmutter seufzte. »Auch das noch!«

Dann sagte sie: »Walter hätte es bannen sollen. Er hätte ein Messer, die Schneide nach oben gedreht, über seinem Kopf in einen Balken stecken müssen.«

Großvater gab ihr Recht. »Dafür war es für diese Nacht aber zu spät.«

Ich wollte wissen, woran das Toggeli zu erkennen war. Wie man den Plaggeist unterscheiden konnte von einem gewöhnlichen Heimweh.

»Das Toggeli kommt nach Mitternacht«, erklärte die Großmutter. »Man hört ein Geräusch. Schwer zu beschreiben. Manche sagen: Wie wenn ein Fadenknäuel über den Boden rollt. Es soll nicht größer sein als eine Katze. Aber wenn es dann drückt, dann ist es, als läge einem Berg und Tal auf der Brust.«

»Anfassen kann man es wohl nicht?«, fragte ich.

Großvater sagte: »Es würde einem zwischen den Fingern zergehen wie Butter oder Schweineschmalz.«

Mein Heimweh wartete zwar meistens nicht bis Mitternacht, überlegte ich, alles Übrige an ihm schien mir aber ziemlich toggelimäßig zu sein.

Ich beschloss, das Abwehrmittel, das ich nun kannte, noch an diesem Abend auszuprobieren. Wirkte es, dann war es ein Toggeli gewesen, unter dem ich gelitten hatte, wirkte es nicht, war es ein gewöhnliches Heimweh, wogegen es wohl kein Mittel gab. Oder eben nur eines: die Heimkehr.

Nach dem Essen wäre ich am liebsten gleich in mein Zimmer gegangen. Da ich meinen Versuch aber geheim halten wollte, schaute ich noch eine Weile in den Fernseher. Dann, etwas früher als sonst, wünschte ich eine gute Nacht.

Auf dem Bettrand sitzend öffnete ich so feierlich wie möglich mein Taschenmesser mit dem Schweizerkreuz. Als ich es, die Schneide nach oben gedreht, am Kopfende des Bettes ins Holztäfer steckte, fühlte ich mich fast schon wie ein Sieger.

Kurz bevor ich einschlief, spürte ich, dass der Bann zu wirken anfing.

Mit dem ersten Blick am Morgen sah ich das Messer über mir. Es war sozusagen wach geblieben, während ich schlief. Dankbar zog ich es aus der Wand und steckte es in die Hosentasche.

Beim Abräumen des Morgengeschirrs fragte Großmutter ganz nebenbei: »Nun, hat's geklappt?«

»Was denn?«, fragte ich zurück.

Sie lachte.

»Wenn es zweierlei Toggeli gibt, ein großes und ein kleines«, sagte ich, »dann hatte ich wohl das kleine.«

Großmutter freute sich. Sie sah aus, als sei sie selber von etwas befreit.

Wir wanderten im Garten herum, Großvater und ich. Falls das noch ein Wandern war: mehr Pausen als Schritte. Wir langten bei den Himbeeren an. Mit der einen Hand pflückten wir, mit der anderen wehrten wir die Mücken ab, die aus den Sträuchern kamen.

Großvater sagte: »Sie hat Recht.« Er meinte Großmutter. »Wir haben den bärtigen Jäger im Stich gelassen.«

»Tell ist nicht der Einzige«, entgegnete ich. »Auch das Mädchen haben wir im Stich gelassen, das den Apfel holen sollte und nicht zurückkam. Sie ist aus der Geschichte wohl ganz und für immer verschwunden.«

»Sie hat's wohl nicht einmal gemerkt. Sie hat ihr Leben fröhlich weitergelebt, außerhalb der Geschichte. Fröhlich und traurig und wie es gerade kam.«

»Als das Mädchen zwischen den Röcken verschwunden war«, sagte ich, »lief es nach Hause.«

Großvater fuhr fort: »Und dort verschnaufte es erst einmal.«

Ich fragte: »Und dann?«

»Und dann verschnaufte es noch einmal. Im Halbdunkel saß seine kleine Schwester, märzenfleckig und mit krausen feuerroten Haaren. Seine Mutter hatte während der Schwangerschaft zu lange ins Feuer geschaut. Die Wangen des Kindes glänzten. Es hatte geweint. Jetzt war es stumm. Das Mädchen strich dem Kind durchs wirre Haar, zerdrückte eine Laus zwischen den Daumennägeln.

›Wir machen der Laus
– zick – den Garaus‹,

flüsterte das Mädchen auf den Kopf des Kindes hinab. Es lauste weiter und sang:

›Auf meinem Kopf ist eine Laus
– zick – zu Haus.

Die soll jetzt – zack – zur Tür hinaus.
Die holt sich der Sankt Nikolaus.‹«

Wir wanderten weiter, Großvater und ich. Vorbei an den Rhabarbern, die ich gern mochte, weil sie so hießen. Zum Karottenbeet, wo Großvater zwei dicke Exemplare aus der Erde zog. Zum Wasserhahn, wo wir sie wuschen. Zur Balkontreppe, wo wir sie aßen.

»Auch den Bleichen haben wir im Stich gelassen«, sagte ich. »Und den Krummen.«

»Die armen Teufel«, seufzte Großvater, »zurückgeblieben bei der Stange und beim Hut.« Er nickte.

Ich merkte, dass ich ebenfalls zu nicken anfing.

»Der Krumme hoffte, die Verhaftung eines besonderen Mannes wie Wilhelm Tell werde vom Vogt auch besonders belohnt«, sagte Großvater. »Der Bleiche zweifelte daran. Er war noch bleicher geworden. ›Wie ich die Herren kenne …‹, schnarrte er, ohne aber den Satz zu beenden.

Ein alter Ziegenbock stakste quer durch eine Sandwolke, die ein Windstoß über den leeren Platz trieb. Es schien kein weggelaufenes Tier zu sein. Der Besitzer hatte den Bock wohl freigelassen, damit er ihn nicht zu füttern brauchte.

Die Sonne war weg. Die beiden Wächter standen mit dem Rücken zum Wind in einer staubigen Dämmerung. Stumm und mit gesenkten Köpfen. Auf der

Stange drehte der Hut wie ein Windrad. Ein trauriger Anblick. Dann aber« – Großvaters Arm fuhr durch die Luft –, »dann aber wurde der Anblick lustig. Der Hut flog nämlich davon. Die Wächter merkten nicht sofort, dass sie bloß noch eine Stange bewachten. Als die ersten peitschenden Tropfen fielen, schauten sie schließlich zum Himmel empor. Sie sahen die leere Stangenspitze und begriffen, was geschehen war.

›Ein schlechtes Zeichen!‹, rief der Bleiche in den Wind.

Der Krumme rief zurück: ›Ein miserables, ja!‹«

Großvater schaute mich an. »Das gehört ja alles nicht mehr zur Geschichte. Du hast Recht«, sagte er. »Einzig der Sturm gehört dazu. Walter hat ihn überstanden, Tell noch nicht.«

13

Der bärtige Jäger hockte also im Kahn. Gekrümmt. Wegen der engen Fesseln hatte er Mühe den Kopf zu heben. Zwei Knechte ruderten. Ein dritter stand hinten am Steuer. Hier, im Heck, war die Armbrust verstaut und der Köcher mit den Pfeilen. Das Jagdmesser auch.«

»Und der räße Junker?«, fragte ich.

»Saß Tell direkt gegenüber. Um ihn im Auge zu behalten. Wenn beide gleichzeitig die Beine streckten, berührten sich ihre Füße.«

»Und die Soldaten? Die hatten ja wohl nicht alle Platz.«

Großvater überlegte. »Nein, das hatten sie tatsächlich nicht. Der Rest – wo sollen wir den unterbringen? Am besten in einem anderen Kahn.«

»Und das Pferd des Landvogts?«

»Ach, das Pferd.«

»Das hat der Vogt dem Knappen übergeben«, schlug ich vor.

»Dem Knappen? Genau. Der hat das Pferd dann über den Berg nach Brunnen geführt – zum Hafen, wo der räße Junker aussteigen wollte, um nach Küssnacht zu reiten.«

Wir nickten uns zu, Großvater und ich.

Und er erzählte weiter: »Der räße Junker hatte also den gekrümmten bärtigen Jäger vor sich, der mit schiefem Kopf über das Wasser schaute. Sein behaartes Gesicht glich den Wäldern rings um den See. Gessler wusste nicht, was er auf der Fahrt nach Brunnen mit diesem Menschen anfangen sollte.

Er versuchte es mit einem Gespräch. Wie es mit der Jagd aussehe im unteren Urnerland, erkundigte er sich.

Er wiederholte die Frage, da Tell sie nicht verstand.

›Wie es aussieht? Man geht halt jagen‹, sagte Tell, ›so sieht es aus.‹

Gessler lächelte, so gut es ging.

Schwalben zuckten über den Wasserspiegel.

›Ein schwieriges Gelände‹, begann der Landvogt wieder. ›Steil und viel Geröll.‹

Tell nickte mit schrägem Kopf.

Der Landvogt ließ sich etwas zu essen geben. Trockenfleisch, Brot und italienischen Wein.

Er fragte nach dem Wild in Tells Revier.

Tell nannte ein paar Namen in seiner Mundart. Gessler meinte zuerst, von seltenen und seltsamen Wesen zu hören, von Einhörnern oder Greifen. Er hatte Lust, einmal etwas Farbiges und Fremdes zu erlegen, etwas, das er erst vom Hörensagen kannte.

Dann aber merkte er, dass Tell nur sein urnerisches Kauderwelsch sprach. Er meinte Rehe und Hasen. Fremd waren also bloß die Namen dieser Tiere.

Gessler schwieg verdrossen. Er schaute an Tell vorbei in die südlichen Berge. Vor Jahren hatte er gehofft, als Gesandter des Königs nach Italien geschickt zu werden, in eine der prunkvollen, sonnigen Städte. Der König zog dann aber einen anderen vor, der Italienisch verstand, der weniger räß war und zudem von höherem Adel. Und für ihn blieb nichts als ein stumpfsinniges Waldland mit seinen stumpfsinnigen Hinterwäldlern. Und schließlich dieser Wilhelm Tell, von dem er im Moment fast nur den gesenkten, runden, haarigen Schädel sah.

Der räße Junker langte nach dem Becher. Ein plötzlicher Ruck des Schiffes brachte ihn aus dem Gleichgewicht. Er verschluckte sich, und ein Rest des Weins floss ihm vorn in den Kragen. Wütend biss er in ein faustgroßes Stück faseriges Rindfleisch. Doch er kam mit den Zähnen nicht durch. Er fluchte.

Tell regte sich nicht.

›Na‹, sagte der räße Junker, indem er mit dem Fuß nach dem Gefangenen stieß.

Um seinem Fleischstück beizukommen, nahm er sein Messer zur Hand. Er schnitt sich einen Bissen ab und schob ihn in den Mund. Kauend blickte er auf den stummen Schädel, der einem moosigen Stein glich.

›Ich möchte, dass du mich anschaust, wenn ich mit dir rede‹, sagte der räße Junker und zeigte mit dem Messer auf den Angesprochenen. ›Du bist doch ein höflicher Mensch, Tell.‹

Der bärtige Jäger hob den Kopf, soweit es bei gekrümmtem Rücken möglich war.

Gessler hörte auf zu kauen. Er lächelte mit vollem Mund. Tell schaute ratlos in dieses Lächeln hinein.

Gessler kaute weiter. Hinter seinem Kopf wuchsen die Wolken. Der Himmel sah aus wie geronnene Milch, grün, weiß und grau. Ein Wind kam ihnen stoßweise den See herauf entgegen.

Der Vogt erkundigte sich nach Tells Familie. Ob er weitere Kinder habe.

›Ja, Herr.‹

Ob man daraus schließen könne, dass seine Gattin bei guter Gesundheit sei.

Tell nickte knapp.

›Tja‹, sagte der Vogt, ›dann weißt du ja, was du verlierst.‹

Tell gab keine Antwort.

›Ja, Herr‹, belehrte ihn der Vogt und streckte wieder den Fuß nach dem Gefangenen aus. ›Du bist doch ein höflicher Mensch, Tell.‹

Tell schwieg. Er dachte an den Nidwaldner und an dessen Frau und an den Vogt, der sich von ihr ein Bad hatte bereiten lassen. Er dachte an das Beil des Bauern, das ein ehrbares Haus von einem Schurken befreite. Und er dachte an seine eigene Armbrust.

Wenn er einmal im Kerker saß, überlegte Tell, was nützte ihm dann die Waffe? Nichts. Wer schützte dann seine Frau? Niemand. Und Walter und Balz und Maria, seine Kinder? Niemand. Also musste er jetzt etwas tun.

14

Der Wind ist auf einmal heftig geworden, wie von Jähzorn gepackt. Er hat die Büsche und Bäume am Ufer alle in eine Richtung gekämmt. Die Blätter zeigten ihre Unterseite. Die Ruderer stöhnten. Die Gischt, die Gessler im Rücken hatte, wehte Tell ins Gesicht. Ein langer Donner rumpelte wie ein Wagen auf einer hölzernen Brücke.

Tell drehte sich nach dem Steuerknecht um, der nur mit Mühe den Kurs hielt. Der Mann stand fahl im Licht eines neuen Blitzes. Uff! Wumm!

Der stark beladene zweite Kahn war offenbar in Not. Tell sah einen Soldaten, der seinen Spieß und sein Kettenhemd in den See warf. Ein anderer tat es ihm nach. Ein weiterer konnte gerade noch daran gehindert werden.

Zaff! Wumm! Ein krachender Donner und in den Felsen ein krachendes Echo.

Die Wellen schlugen nun über den Bug herein. Schon bedeckte das Wasser den Boden des Kahns. Zwei Knechte schöpften, so viel sie vermochten, in den See zurück. Das Wasser stieg, der Kahn wurde schwer.

Peng! Der Donner knallte jetzt wie ein Gewehr.

Plötzlich drehte der Kahn, als hätte ihn ein Schwindel erfasst. Er neigte sich seitwärts. Eine nächste Welle schlug dem Steuerknecht den Lenkschaft aus der Hand.

Der Vogt schrie Tell etwas zu. Zwar riss der Wind ihm die Worte vom Mund, doch der Sinn war klar. Jemand hatte Tell soeben die Fesseln gelöst. Das bedeutete: Hier wurden seine Arme und Hände gebraucht und seine ganze Kenntnis vom Wetter und vom See.

Tell übernahm das Steuer. Eine Woge hob den Bug weit in die Luft, wo er einen Augenblick verharrte, bevor sie ihn fallen ließ.

Einem der Soldaten wurde es übel. Er erbrach sich.

Auch dem räßen Junker schlug es auf den Magen. Als er daran war, sich zu übergeben, änderte Tell den Kurs. Er steuerte auf das rechte Ufer zu. Die Ruderknechte zögerten. Sie sahen nichts als senkrecht aufragende Felsen, davor die hochgeschleuderte Gischt. Dann aber gehorchten sie dem Steuermann. Er zeigte auf einen Vorsprung unter der steinernen Wand.

Gessler schien es recht zu sein, dass man das verrückt gewordene Wasser verließ. Ihm war wohl alles recht, was das wilde Wackeln beenden konnte. Dieses Wackeln wurde noch wilder, gerade jetzt, denn der Wind blies nun von der Seite her. Gessler kauerte zusammengeschrumpft am Rand des Kahns.

Tell hielt auf eine Felsplatte zu, die in einer flachen Bucht gegen den See und gegen den Sturm vorragte. Fast hatte er die Stelle erreicht, da drückte er mit seinem ganzen Gewicht das Steuerruder herum. Das Heck trieb dabei an die Platte heran. Tell sprang – samt Armbrust, Köcher und Dolch – ans Ufer. Mit seinem Sprung stieß er den Kahn zugleich gewaltig zurück und in den See hinaus.

Die Beine wurden ihm erst schwach, als er auf dem harten Boden stand. Nass bis auf die Knochen. Er ließ sich auf beide Knie nieder, zitternd, und dankte Christophorus, dem Schutzheiligen der Schiffer. Eine ganze Weile rührte er sich nicht.

Dann stand er auf, band sich den Köcher um und den Dolch und schulterte die Armbrust. So fühlte er sich wieder ganz. Er schaute hinaus. In den dampfenden Wellen ließ sich nichts Bestimmtes mehr erkennen. Tell wandte dem See seinen Hintern zu und klatschte mit beiden Händen darauf.«

Großvater machte es vor. »Himmelherrgottdonnerwetter!«, rief er durch den Garten. Und hatte dann gleich wieder seine gewöhnliche Stimme: »Der See, der aus Empörung zu schäumen schien, gab dem bärtigen Jäger Recht.

Tell hatte Hunger. Er dachte an Martha und an Kohl mit Speck. Viel Kohl mit viel Speck.

In Altdorf konnte er sich jetzt nicht zeigen. Und wenn er nach Bürglen ging, brachte er seine Frau in

Gefahr. Tell stellte erschrocken fest, dass er sich von nun an auf der Flucht befand, dass er in der gleichen Lage war wie der Nidwaldner, der nur sein Leben hatte retten können. Auch wenn er sich besser versteckte als eine Eidechse, es half alles nichts: Der räße Junker würde sich rächen, falls er den Sturm überlebte. Das Haus würde er ihm abbrennen lassen. Er würde seine Frau gefangen nehmen oder seinen ältesten Sohn, den Walter. Man hörte immer wieder von solchen Fällen. Einem seiner Vettern hatte man die Tür eingetreten und die Kaminkette samt dem Kochgeschirr geklaut. Die Täter, erinnerte sich Tell, waren da allerdings nicht die Knechte eines Vogts, sondern ein paar Lümmel von ennet der Reuss gewesen.

Das Wetter zog allmählich den See hinauf. Der Donner murrte nur noch wie ein müdes großes Tier. Der Landvogt hatte sich vermutlich retten können. Einmal noch.

Tell erkannte: Der räße Junker musste weg. Solange er lebte, richtete er großen Schaden an. Die einen sperrte er ein, den anderen machte er Angst. Und die Angst, die bremste alles, die Schritte und die Gedanken.

Tell wusste bereits, wo er den Landvogt abpassen konnte. In Küssnacht, nicht weit von seiner Burg. Der Weg führte dort durch die Hohle Gasse, einen

Einschnitt im Wald, eine natürliche Falle. An dieser Stelle gab es für den räßen Junker keine Rettung mehr.

Der bärtige Jäger spürte einen Druck im ›anderen Fuß‹. Er musste ihn sich beim Sprung aus dem Schiff ein wenig vertreten haben. Tell probierte ein paar Schritte. Der Fuß gehorchte. Immerhin. Der Schmerz war erträglich. Und er verschwand, wenn Tell den räßen Junker vor sich sah. Ein Sprichwort gab ihm zusätzlichen Mut: ›Wer den Wolf umbringt, schützt auch die Herde des Nachbarn.‹ Das sagte er laut vor sich hin und brach auf.«

15

Großvater schwieg. Er hatte verschiedene Arten zu schweigen. Wenn er so schwieg wie jetzt, war es Zeit für die Tomaten und den Salat.

Großmutter hantierte im weißen Licht der Küche, das auch bei Tag an war. Sie kam gerade vom Frisör und hatte frische Dauerwellen um den Kopf. Die Wellen bestanden hauptsächlich aus Luft, dazwischen sah man ein wenig die Kopfhaut.

Großvater bereitete die Salatsauce vor. Ich wusch den Salat. Großmutter backte Kartoffeln.

»Nun«, fragte sie, indem sie die Ofentür aufklappte, »sind die Vögte schon alle tot?«

»Bald. Morgen ist Gessler dran«, sagte ich. »In der Hohlen Gasse.«

Großmutter sprach in den offenen Ofen hinein: »Am schlimmsten sind gottlob die Vögte in den Geschichten. In Wirklichkeit …« Sie klappte die Ofentür zu.

»In Wirklichkeit?«, fragte ich.

»Nicht halb so schlimm.«

Großvater entschied: »Wie es in Wirklichkeit war, darüber sprechen wir ein anderes Mal.« Er ließ sich nicht in seinen Tell dreinreden.

Bevor ich mich schlafen legte, stieß ich mit grimmiger Freude mein Messer, die Schneide nach oben gedreht, an derselben Stelle in die Wand wie am Abend zuvor. Ich nahm an, das Toggeli, falls es durch eine verborgene Lücke eindrang, würde sich an der Messerklinge verletzen. Was es sich dabei beschädigen würde, die Seele, das Hemd, die Haut, war mir nicht klar.

Großmutter klopfte an. Sie kam herein und setzte sich auf den Bettrand. Sie wollte sich vergewissern, dass das Messer fest genug in der Wand saß. »Ich möchte nicht, dass es dir nachts auf den Kopf fällt.«

Ich merkte auf einmal, dass ich meine Großmutter liebte. Im Moment sogar sehr liebte. Samt den sonderbaren frischen Dauerwellen.

»Früher«, sagte sie, »hast du mit einem Teddy geschlafen. Ein abgeschabtes, einäugiges Ding war es, mit zerbissenen Ohren. Nachts hast du daran gekaut. Und das fehlende Auge, das hattest du, glaube ich, einmal verschluckt.«

Großmutter erzählte mir eine Geschichte. Sie handelte von einer armen Bäuerin. »Mausarm« war sie. Das Wort ging mir nachher im Kopf herum. Versuchsweise setzte ich andere Tiere ein: katzenarm, kuharm, kamelarm. Nichts passte so gut wie die Maus.

Die mausarme Bäuerin stand früh auf, sehr früh, es war noch Nacht. Einen Korb auf dem Rücken, ging sie bergan, um oben in der Wildnis Gras zu schneiden. Sie kannte den Pfad. Das Licht der Sterne genügte ihr. Nach einer guten Stunde erreichte sie den Ort. Sie lehnte den Korb an einen Fels und wollte zu mähen anfangen, als sie einen großen weißen Bären vor sich stehen sah. Er sprach kein Wort, und sie auch nicht. Was die Frau mähte, holte der Bär mit dem Rechen zusammen. Dann füllten sie stumm miteinander den Korb. Der weiße Bär nahm die schwere Last auf seinen Rücken und ging talwärts. Die Frau folgte ihm. Als sie unten waren, stellte der Bär den Korb auf den Boden. Die Frau hob ihn auf – und stand wieder allein da. Im ersten Morgenschimmer war der weiße Bär verschwunden.

Großmutter, stellte ich fest, glich mehr dem weißen Bären als der mausarmen Bäuerin.

Am nächsten Morgen, als Großvater schon im Garten war, kam noch einmal ihre Frage: »Nun, hat's geklappt?«

»Wenn es dreierlei Toggeli gäbe«, sagte ich, »ein großes, ein kleines und ein winziges, dann hatte ich wohl das winzige.«

Sie wollte genauer wissen, wie winzig das winzige war, aber ich gab keine Auskunft. Halb wollte ich es nicht sagen, halb wusste ich es selber nicht.

16

Die Glocken läuteten zum Feiertag, dem 1. August. Tag der Reden und Raketen.

»Ich habe eine gute Nachricht«, rief Großvater vom Balkon her. Wir nahmen unseren Platz auf der Treppe ein.

»Tell ist dem Landvogt ein rechtes Stück voraus. Auch hinkend kommt er rascher voran als der räße Junker mit seinen müden Soldaten.

Er hat schon einiges hinter sich: die Kletterei über den Felsen am See, wo die feuchten Kleider auf dem warmen Körper trockneten. Den Pfad durch die Buchenwälder am Lauerzersee und auf der Schattenseite der Hochflue und der Rigi.«

»Ohne irgendwo zu übernachten?«

»Gute Frage«, sagte Großvater. Er wusste nicht gleich eine Antwort.

»Gessler hatte eine Herberge nötig«, behauptete ich. »Tell schlief am Wegrand, zwischendurch –«

»Nur kurz«, ergänzte Großvater, »an einen Stamm gelehnt, bis er zu frieren anfing.

Der ›andere Fuß‹ war inzwischen stark angeschwollen. Er kühlte ihn in einem Bach. Ringsherum wuchs schon das rosarote Frühlicht. Tell dachte an

Martha, an den Kräuterwickel, mit dem sie das Gelenk behandeln würde. Auch ein Tritt in einen Hintern, der das längst verdiente, hätte seinen Fuß geheilt. Tell stellte sich verschiedene Hinterteile vor. Das von Jakob, seinem geizigen Schwager, war auch dabei.

In einer Wegkapelle betete Tell zum heiligen Georg.

Zur Hohlen Gasse war's nur noch ein Steinwurf. Für Tell jedenfalls, der Steine so weit schleudern konnte, dass man sie aus den Augen verlor. Für dich und mich wären es drei, vier, fünf Steinwürfe gewesen.

Tell suchte sich einen Platz auf der steilen Wegböschung. Verdeckt von einem Haselstrauch setzte er sich ins feuchte Gras. Wenn er sich erhob, hatte er den Weg vor sich, die Landstraße, die sich hier zu einem grünen Tunnel verengte.

Bepackte Maultiere, bepackte Männer und Frauen zogen aneinander vorbei. Fuhrleute schrien. Die Räder ihrer Karren stockten in der aufgeweichten Spur. Tell wunderte sich: Menschen, Tiere und Waren, Waren. So vieles musste woanders hin, war noch nicht da, wo es sein sollte. Der Baum dagegen, den er im Rücken spürte, hatte und behielt seinen Ort.

Drei Musikanten waren unterwegs, vermutlich zu einer Hochzeit, an der sie aufspielen wollten.

Zwischendurch war es still.

Tell hatte alles zu Ende gedacht, was es zum Landvogt und seinesgleichen zu denken gab. Auf welcher Seite der heilige Georg stand, darüber gab es keinen Zweifel. Obwohl er ein Ritter gewesen war, unterstützte er in dieser Sache nicht den Kollegen, den Junker, sondern den Bauern, dem Unrecht geschah. Georg hatte einen gefräßigen Drachen besiegt und eine Jungfrau aus der Gewalt des Tieres befreit. Wem dieser heilige Ritter half, dem konnte nichts schief gehen. Gessler war zwar kein Drache, aber doch ein mächtiges Ungeziefer.

Tell schaute hinauf zum Himmel, wo der Heilige zu Hause war. Ein kleiner Trupp von Wolken zog über den Ästen vorbei. Sehr hoch, sehr weiß. Dann blieb nur noch das bloße Blau.

Das Geräusch im Gras kam von einer langen Natter. Sie glänzte wie schwarzes Eisen. Tell freute sich: ein gutes Zeichen.

Als Walter, der große Bub, noch klein gewesen war, hatten sie eine Schlange im Haus gehabt. Hedwig stellte ihr jeden Tag einen Teller mit Milch unter das Vordach. Walter fragte: ›Wird die Schlange weiß, wenn sie viel Milch trinkt?‹

Hedwig sagte und sang: ›Weiß wie Milch, weiß wie Schnee, weiß wie Gebein, wie Kieselstein. Weiß wie eine weiße Wolke.‹

›Weiß wie weiß‹, sagte Walter, als Hedwig nicht mehr weiter wusste.

Das Klacken von Pferdehufen hallte den Weg herauf. Der räße Junker. Gerassel und Geschrei. Eine Frau und ihre unverständlichen Worte. Mit ausgestreckten Armen stand sie mitten im Weg.

Eine Bittstellerin«, erklärte Großvater. »Ihr Mann saß im Kerker. Seit Monaten schon. Saß oder lag bereits krank im nassen Stroh. Am Weihnachtstag hatte er dem Vogt ein Huhn gestohlen. Für seine Familie. Man erwischte ihn hinter der Burg, als er ein zweites Mal kam und schon ein weiteres Huhn an den Füßen hielt. Alles ging jetzt sehr schnell. Die Frau, immer schreiend, warf sich auf die Knie und drückte auch ihr Kind zu Boden. Hinter zwei Soldaten erschien der Landvogt auf seinem Pferd. Die Frau flehte und bat, versuchte das Zaumzeug zu fassen. Sie wurde weggerissen und der Blick auf Gesslers Gestalt war frei. Tell, der die Armbrust schon an der Wange hatte, schoss und traf.

Der Landvogt verlor durch den plötzlichen Stoß seinen Halt. Er rutschte, hielt sich eine Weile noch schräg im Sattel und schaute zu Tell hinauf. Der bärtige Jäger stand in einer Lücke zwischen den Stauden, direkt vor dem blauen Himmel. Der räße Junker, gestützt von einem Begleiter, staunte über das schöne Bild. Dem Begleiter grauste. ›So ist das also‹, hörte er den Junker murmeln, bevor er starb.« Großvater stand auf, um sich zu strecken. Er schaute mich an. »So ist das also«, wiederholte er.

17

Am Abend feierten wir den Nationalfeiertag. Wir gingen zusammen aus. Großmutter trug einen Rock mit vielen schmalen Falten. Großvater sah ich zum ersten Mal mit einer Krawatte.

Im Städtchen las ich überall den Namen Tell: Tell-Drogerie, Tellenbräu. Ein Touristenbüro bot eine Fahrt zur Tells-Kapelle an.

Wir aßen in einem Restaurant, das Großmutter vorgeschlagen hatte und das zu ihren frischen Dauerwellen passte. Großvater bestellte dreimal »Tells Pfeil«. Was dann kam, war ein gewöhnlicher Fleisch-Spieß.

Von weitem hörten wir die Lautsprecherstimme eines Redners. »Hier, im Herzen der Schweiz«, rief er. Dass ein Land ein Herz haben sollte, fand ich komisch, aber auch schön. Zürich, wo ich herkam, lag außerhalb des Herzens, vielleicht bei einer Rippe oder einem Ellbogen der Schweiz.

»Eidgenossenschaft«, rief der Redner. Ich wiederholte das Wort. Es passte nicht richtig in meinen Mund, lag quer darin und hatte keinen Geschmack.

In Großvaters Mund aber passte es. Als ich ihn fragte, was denn eigentlich gefeiert werde, ob es

Tells Geburtstag sei, sagte er: »Nein, der Geburtstag unserer Eidgenossenschaft. Die Geburt ereignete sich 1291.«

»Lange her«, sagte ich und rechnete: »Mehr als siebenhundert Jahre.«

Genau genommen hatte ich keine Vorstellung, wie lang oder kurz das war.

Wir hörten das Knallen von Feuerwerk. Zu sehen gab es nicht viel. Die Wolken hingen so tief, dass die Raketen darin verschwanden oder dumpf aufglimmten, als leuchtete man mit einer Taschenlampe in einer Suppe herum.

»Die Waldleute von diesseits und jenseits des Sees kamen damals zusammen«, fuhr Großvater mit seiner Erklärung fort, »von Uri, Schwyz, Obwalden, Nidwalden. Sie schworen einen Eid, dass sie einander helfen wollten, wenn es Händel gab – unter den eigenen Leuten oder mit Fremden, den hochmütigen Vögten beispielsweise. Als Tell den Gessler erschoss, nahmen die Waldleute seine Tat als Signal. Sie schlugen gemeinsam los und stürmten die Burgen der Vögte und setzten sie in Brand. Die steilen Hänge leuchteten nachts im Schein der Flammen.«

Eine große Rakete zischte empor. Wir hoben die Köpfe. Farbige Funken fielen verstreut aus den Wolken. Wumm! Bumm, Bubumm! Ein Rauch und ein Lärm wie damals beim Sturz der Burgen.

Als wir beim Tell-Denkmal vorüberkamen, fing es

an zu regnen. Ich zog die Kapuze meiner Windjacke hoch. Seit ich in Altdorf war, schaute der metallene Walter immer auf die gleiche Weise zu seinem metallenen Vater auf. Die Nässe gab den beiden an diesem Abend einen feierlichen Glanz.

»Wie Nilpferde, die eben aufgetaucht sind«, sagte Großmutter unter Großvaters Schirm hervor.

Zwei Japanerinnen baten uns, sie vor dem Denkmal zu fotografieren. Großvater nahm den Apparat entgegen und drückte ab. Im Blitzlicht sahen die beiden Frauen aufgescheucht und traurig aus.

Auf die Frage, die Großmutter mir am nächsten Morgen stellte, war ich inzwischen gefasst. »Nun, hat's geklappt?«

Das Toggeli war tatsächlich ausgeblieben.

»Wenn es viererlei Toggeli gäbe«, fragte Großmutter, »ein großes, ein kleines, ein winziges und gar keins?«

»Dann hätte ich gar keins gehabt«, sagte ich.

»Willst du es eine Nacht mal ohne Messer probieren?«

Das kam mir im Moment noch zu riskant vor. »Es ist zwar ein Aberglaube …«

»Ja«, sagte Großmutter. »Aber es hilft.«

Ich hatte von Walter geträumt. Mehr wusste ich nicht mehr. Es war ein Traum gewesen, der vom einen Ende der Nacht zum anderen reichte.

18

Großvater saß auf unserer Treppe. Ich brauchte ihn nicht nach Walter zu fragen.

»Es geht ihm schlecht«, sagte er.

»Wem?«

»Dem Walter. Er steht vor Sepp, grad und dünn wie eine Weidenrute vor dem knorrigen Alten. Um die beiden herum ist es feucht und grau. Der Rauch eines Kohlenmeilers hängt in der Luft.

Walter nahm an, dass Sepp ihn verstand. Sepp hatte viel durchgemacht. Sein Sohn war als Soldat in fremden Diensten gewesen. Einbeinig und betrunken war er nach Hause zurückgekehrt. Er verkam so jämmerlich, dass ihn zuletzt, wie es hieß, die Läuse fraßen.

›Ich gehe ins Dorf‹, sagte Walter bestimmt.

Sepp verstand: Der Junge hoffte, etwas von seinem Vater zu erfahren. ›Und Jakob‹, fragte der Alte, ›was meint der dazu?‹

›Nichts.‹

›Weiß er es denn?‹

Walter antwortete: ›Zum Melken bin ich wieder zurück.‹

›Pass auf!‹

Das war als Warnung vor Jakob gemeint.

Walter machte sich davon. Er lief wie ein Hase, wie ein Rebhuhn, wie ein Hund talwärts durch eine frische Rodung, dann durch einen steilen Wald.

Mutter Hedwig umarmte den schnaufenden Sohn. Sie weinte die größten Tränen, die Walter je gesehen hatte.

Ja, sie wusste Neues von Tell. Ein Schiffer war ihm gestern begegnet. Diese Nachricht freute Hedwig nur halb, denn Tell schien nicht auf dem Heimweg zu sein. Nass wie ein Fischotter sei er seeabwärts gelaufen.

Walter dagegen freute sich ganz. Er hätte gern ein Sprichwort gesagt, doch ihm fiel kein passendes ein. Sepp sagte zuweilen: ›Wer Glück hat, dem kalbert der Melkstuhl.‹ Aber das war hier wohl ein wenig schief.

Erst jetzt bemerkte Walter einen Teller, der mit Milch gefüllt neben der Türschwelle stand.

›Wir haben wieder eine Schlange‹, sagte Hedwig und ergänzte leiser: ›Und ich erwarte wieder ein Kind.‹

Walter schaute über die Äcker und Weingärten zum nebligen See. Das ganze Land war voller Wege, und alle sahen genau wie Heimwege aus, angelegt für einen Vater, der hinkend zurückkehrt.«

Das hörte sich ganz wie ein Schluss an. »Fertig?«, fragte ich.

»Ja. Manche erzählen noch etwas darüber hinaus. Tell sei Jahre später im Schächen, dem Fluss, an dem er wohnte, ertrunken. Bei Hochwasser sprang er hinein, um ein Kind zu retten.«

»Und konnte«, sagte ich, »nicht schwimmen.«

»Dieses Wasser, Bub, hätte jeden, auch den besten Schwimmer, fortgerissen. Das Kind, ein Mädchen, hat das Unglück überlebt.«

Großmutter brachte mir eine Postkarte, die eben angekommen war. Vater grüßte mich aus Kopenhagen.

Von wem hatte er erfahren, dass ich bei seinen Eltern war? Von Mutter. Also hatten sie miteinander telefoniert. Mindestens mal telefoniert.

Großmutter und Großvater schauten mich an.

Ich sagte: »Er lässt euch grüßen.«

Beide nickten.

Da ihr Schweigen mich verlegen machte, fügte ich hinzu: »Wo eine Tür zugeht, tut eine andere sich auf.«